周瘦鹃诗词集

王稼句　何文斌　编

苏州新闻出版集团
古吴轩出版社

图书在版编目（CIP）数据

周瘦鹃诗词集 / 王稼句，何文斌编. -- 苏州 : 古吴轩出版社，2025. 6. -- ISBN 978-7-5546-2666-5

Ⅰ. I227

中国国家版本馆CIP数据核字第2025QD3436号

责任编辑：李爱华
见习编辑：杨　楠
装帧设计：韩桂丽
责任校对：任佳佳

书　　名：周瘦鹃诗词集
编　　者：王稼句　何文斌
出版发行：苏州新闻出版集团
古吴轩出版社
地址：苏州市八达街118号苏州新闻大厦30F
电话：0512-65233679　　邮编：215123
出 版 人：王乐飞
印　　刷：苏州市越洋印刷有限公司
开　　本：880mm×1230mm　1/32
印　　张：9.25
字　　数：185千字
版　　次：2025年6月第1版
印　　次：2025年6月第1次印刷
书　　号：ISBN 978-7-5546-2666-5
定　　价：68.00元

青年周瘦鹃

晚年周瘦鹃，1964 年摄于紫兰小筑花房

周瘦鹃母亲汪月真

周瘦鹃与妻俞文英及女周蓉、周蔷，1951 年摄于梅丘

紫兰小筑花房，摄于 1954 年

周瘦鹃盆景作品

前　言

我国近世以来享有盛名的翻译家、著作家、编辑家、园艺家周瘦鹃先生，1895年6月30日生于上海。今年恰逢他一百三十周年诞辰，我们编订了这本《周瘦鹃诗词集》，向他献礼，向他致敬。

1911年，周瘦鹃十六岁，在上海民立中学读书，就发表译作《百合魔》、小说《落花怨》、改良新剧《爱之花》。中学毕业后，留校任教，未久辞职，开始漫长的职业笔墨生涯。1914年王钝根创办《礼拜六》后，他即成为这个周刊的台柱，后又被聘为《新申报》、《新闻报·快活林》、《申报·自由谈》特约撰述。自1920年起，他先后主编《申报·自由谈》、《礼拜六》、《游戏世界》、《半月》、《上海画报》、《良友》、《紫罗兰》、《新家庭》、《申报·春秋》、《乐观》等，又出版个人小杂志《紫兰花片》。民国年间，他是海上文坛风云人物，集创作、翻译、编辑于一身，最忙碌的时候，每天工作十四五个小时，星期天也不得休息。他在《噫之尾声》中说："吾们这笔耕墨耨的生活，委实和苦力人没有甚么分别，不过他们是自食其力，吾们是自食其心罢咧。”故他自称是“文字劳工”。由于勤奋，他不但著译累累，所编报刊也深入人心，在社会上有很大号召力。1920年代后期，周瘦鹃对花木栽培产生浓厚兴趣。1931年买宅苏州王长河头，翌年移家苏州，每周去上海一两天处理编务，其馀时间都沉浸在故园的花木丛中，制作盆栽、盆景，不但在上海中西莳花会展出评比年会上屡屡获奖，与朱犀园等在苏州结含英社，作专门的研究，还一度在上海王家厍静安寺路口创设香雪园，展销自己的盆栽、盆景作品。1936年，与鲁迅等二十一人联名发表《文艺界同人为团结御侮与言论自由宣言》，表明抗日救国的立场。1950年代，周瘦鹃受到礼遇，先后出任苏州市园林管理处副主任、苏州市文物古迹保管委员会副主任、苏州市市政建设规划委员会副主任，当选为江苏省人大代表和全国政协委员，高车驷马，门庭若市。他除参加社会活动外，将时间和精力主要放在盆栽、盆景的研究和制作上，参加各地的展览和研讨，被公认为这方面的专家，还拍摄了彩色纪录片《盆景》。他原本以为可以在花光树影中安度晚年，想不到“文革”发动的第三年，急风暴雨席卷了宁静安逸的家园，他万念俱灰，惟有一死了之，遂于1968年8月12日深夜投身园中水井，时年七十四岁。

周瘦鹃在文学翻译、小说和散文创作上，都取得卓越的成绩。他以翻译名家短篇小说著名，且注意“弱小民族”的作品，译文雅俗共赏。据不完全统计，他一生译作有四百十八种之多。其中以1917年上海中华书局出版的《欧美名家短篇小说丛刊》最有影响，受到教育部通俗教育研究会褒奖，周树人、周作人兄弟为其合拟评语，称其“用心颇为恳挚，不仅志在娱悦俗人之耳目，足为近来译事之光”。他的言情小说在读者中有广泛影响，被称为“哀情巨子”。哀情而外，他也写了不少以爱国主义、家庭伦理、社会问题为主旨的小说，代表作有《亡国奴之日记》、《留声机片》、《南京之围》、《祖国之徽》、《对邻的小楼》、《新秋海棠》等。他的散文写作，持续时间最久，将近半个世纪，文风随时代而变化，大致由浅显文言而“雨夹雪”，由“雨夹雪”而流利白话，前期散文以《苏州杂剳》、《园居杂记》为代表，后期散文以《花前琐记》、《花花草草》、《花前续记》、《花前新记》、《行云集》、《花弄影集》为代表，知识性和趣味性兼具，文笔清丽，行文晓畅，娓娓道来，具有相当的可读性，取得的成就高于他的小说创作。

周瘦鹃作诗填词，开始于1935年秋，他在《黄山杂记》中自述：“愚之斯记，漫无系统，特记其片段，以志鸿雪。生平不能作韵语，而此次薄游黄山，意兴飚举，遂亦附庸风雅，妄作五言五十二首，游踪所至，辄有所得，则就《黄山全图》之背，书以寸铅，而就正于小蝶。兹即追录于此，以示黄山之美，令人不能已于言尔。此五十二首者，吾尝入之手册，题其端曰‘黄山杂记’，盖下里巴人，初不敢自命为诗也。”此后一发不可收，并在报刊开辟诗词专栏。先后自订《红鹃词》、《乱离草》、《西湖梦寻》、《学步集》等小集，但都散佚不存。他的大部分诗词，见于自作散文所引，有的一篇引录数十首，以至改变了以往文风。就内容而言，反映了作者四十年生活轨迹，交往、游历、抒怀、咏物、庆吊、酬唱，题材丰富，抒写了不同时空环境下的情愫。大致有几个重要节点：一是以《乱离草》为代表的国破家难之音，二是以《爱的供状》为代表的“紫罗兰”感情记忆，三是以《题义士梅十二绝》等为代表的故园花木咏唱，四是以《望江南·苏州好》为代表的新社会、新生活颂歌。就传统影响来说，孙原湘、黄景仁、龚自珍、樊增祥等，他读得多而熟，浸染较深，尤其是龚自珍，所谓“诗与人一，人与诗一”（林昌彝《射鹰楼诗话》），“声情沈烈，恻悱遒上”，“及其为诗，情赴乎词”，“变化从心，倏忽万匠”（程金凤《己亥杂诗跋》）等，乃是作者向往和追求的。

这次编订《周瘦鹃诗词集》，主要采自作者在民国报刊上的散篇，《花前琐记》等七种自订文集，以及周全女士整理之《姑苏书简》，个别采自作者手迹和别人撰著，都一一注明出处。全书按写作时间先后为序，分“1930年代”、“1940年代”、“1950年代”、“1960年代”四辑，每辑中凡有具体年月、季候者置于前，不能落实者置于后。凡诗词有题者，照录，前后所引不同者，一般采用前者；无题者，酌情另拟。凡词的标点，按唐圭璋《全宋词》例，并参考吴藕汀、吴小汀《词调名辞典》。

周瘦鹃生平所作诗词，远不止本书所辑，恳请海内外周瘦鹃研究者，相关文献收藏者，予以更多关注，提供更多线索，使本书的内容得以增补，为读者呈现更全面的周瘦鹃诗词创作成就。

2025年4月26日

目 录

1940 年代

1950年代

1960年代

1930 年代

黄山杂记

十载以还，每值春秋佳日，恒招邀俊侣，共作清游，藉遣烦忧而涤尘襟。顾蜡屐所经，不出江浙两省，所见良隘，殊不足数。乙亥之秋，郁郁不自聊，吾友陈子小蝶、涂子筱巢，坚约作黄山之游，欣然从之，淹留六日，凡黄山名峰，登陟殆遍。昔人谓山阴道上，令人目不暇接，愚谓此语惟黄山当之，庶无愧色，而愚之十载清游，自亦以黄山为第一，是不可以不记。古往今来骚人墨客，其游黄山而记黄山者，殆不可偻指数。愚之斯记，漫无系统，特记其片段，以志鸿雪。生平不能作韵语，而此次薄游黄山，意兴飚举，遂亦附庸风雅，妄作五言五十二首，游踪所至，辄有所得，则就《黄山全图》之背，书以寸铅，而就正于小蝶。兹即追录于此，以示黄山之美，令人不能已于言尔。此五十二首者，吾尝入之手册，题其端曰“黄山杂记”，盖下里巴人，初不敢自命为诗也。

人说黄山好，我姑妄听之。一见黄山面，心醉欲无辞。

星晨别西子，午过昱岭关。锋车如掣电，半日到黄山。愚等夜宿西子湖畔之蝶来饭店，店为小蝶所手创，极轮奂之美，居之良适，所制西餐西点，尤腴美可口，为湖上冠。诘旦以七时发，亭午出昱岭关，过三阳坑，渐入佳境，及薄暮，则已与黄山行初觌礼矣。

解衣作磅礴，温泉快一浴。奇馨忽飞来，出自硃砂腹。以篮舆登山，抵汤口，止于中国旅行社招待所，涧水汤鸣，汤如琴筑，惜暮色四罨，不克睹其喷薄之状。晚餐既罢，小蝶导往汤池温泉就浴，源出硃砂泉，即之奇温，解衣入池，共作拍浮之戏，越炊时许始起。忽有妙香拂拂，自水底出，如奇南香，为之恋恋不忍去，恨不能长住水中央也。

汤汤白龙潭，一泓秋水寒。适从尘埃来，聊可洗肺肝。汤池左近有一潭，曰白龙潭，水色油然一碧，清澈见底，涧水下泻，渟滀其中，终年不竭，安得美人鱼来，以泳以游哉。

匡庐为隐士，黄山是剑仙。侠骨撑天表，神光照大千。

吾乡有灵岩，娟娟玉一般。良偶无可托，端合嫁黄山。小蝶谓如以名山喻人，则庐山为隐士，而黄山则剑仙也。愚笑颔之曰：“君言绝隽，吾亦云然。惟剑仙不可无美人为偶，彼美者谁，其惟吾苏之灵岩乎。”

峨峨桃花岭，阴阴万绿遮。好春愿长驻，日日看桃花。桃花岭不甚高，与紫云、紫石诸峰遥遥相对，如展翠屏。其下曰桃花源，已辟为住宅区，闻此间昔有桃花万树，而今则已归乌有。愚意他日之居此者，宜各争植桃花，蔚为大观，庶觉名副其实。十年以后行见桃花源里人家，益饶丽致矣。

日日万峰头，逸情干云上。深山无别声，但闻涧语响。

一瀑挂山阿，诘诎作人字。自是神来笔，黄庭初拓时。

我生爱飞泉，今见九龙瀑。虽则龙骨瘦，犹能作雷跃。黄山固多涧，随处可见，厥声撕撕然，如人低语，而瀑之名者，止有人字与九龙二瀑，会以经久不雨，水势少杀，但见白练条条，蠢动山坡间耳。

摩挲看山眼，来看卅六峰。枝枝碧琅玕，朵朵青芙蓉。

神仙挥玉斧，劈破此鸿蒙。奇石幻苍狗，长松化虬龙。

石上看云起，松下枕手眠。空谷无人到，闲煞一溪烟。

初日排山出，峰峦尽晓妆。万松看不了，那得一担装。

峰头云所宅，峰腋松之家。翠屏千嶂立，百万杜鹃花。

秋深山乐鸟，毛羽美而娟。似识我名字，声声叫瘦鹃。黄山之声闻卓著者，凡三十六峰，而以桃花、莲花、天都、始信、玉屏、狮子、容成、九龙、紫云、紫石诸峰为尤著。其间多云海，多奇松，多怪石，可称三绝。杜鹃花亦特多，入春必富丽瞩。山中有鸟曰山乐鸟，鸣声绝美，小蝶谓细聆其声，似呼瘦鹃，听之果然。

古松迎佳客，到处好为家。老衲殷勤献，一盏云雾茶。文殊院旁有古松，曰迎客松，高可数丈，作磬折迎客状，姿致绝美。院僧瀹茗相饷，云为天都云雾茶，味之清芬可喜。

一角文殊石，仙人白玉床。无事且静卧，伫看明月光。

抱衾上高冈，坐待朝阳出。四山睡未醒，哀猿叫残月。文殊院前有巨石岿然，曰文殊台，坐卧其上，晨可观云海，夜可看明月。台右高冈绵延，愚等尝于清晨四时，抱衾登其上，意在欣赏初日，顾为象峰所蔽，了无所见，但闻空谷猿啼，似泣似诉而已。

五老去求仙，崎岖行万古。日日上天都，何曾移一步。天都峰刻削千仞，高可摩天，今岁经吴□□先生出资辟一山径，都数百级，登陟较便。上有五石，作人立，遥望如五老人，联翩登山，俗称“五老上天都”。

瓣瓣出奇峰，萼萼自横斜。凌波云海上，一朵妙莲花。

扶摇七千尺，独上莲花峰。玉女云中笑，呼我濂溪翁。

长冈断复连，古松奇且好。抠衣到绝顶，脚底天下小。莲花峰拔地而起，酷肖莲花一朵，瓣瓣挺秀。其巅高七千尺，为山中最高处，愚鼓勇而登，竟达绝顶，俯瞰平原，小如一粟矣。

今朝阎王壁，昨日小心坡。宵来频怯梦，梦比乱山多。

篮舆联队过，如入绣屏行。山风多解事，为我洗烦酲。阎王壁、小心坡均称险峻，观其名可知。近经修葺，尚堪容足，而顾名思义，咸栗悚有戒心。其间层峦叠嶂，嘉树错列，篮舆所过，如入绣屏中行，浑忘人世间有忧患事矣。

脚踏黄山石，飘然便是仙。蒲团松上坐，打睡一千年。阎王壁附近，有一松绝巨，作圆形，颇类僧人打坐之蒲团，因有蒲团松之称。小蝶夫人十云女士，跳踉如稚子，遽奋身而上，跏趺作打坐状，愚等争相摄影，戏呼之为女菩萨。自维生丁斯世，心哭百忧，窃以有生为苦，安得就此蒲团松上，永作打坐僧哉。

峰碍肩头过，云从脚底生。李白成仙去，金鳌背上行。

白袷翩翩子，到此气便豪。长驱过天海，万壑起松涛。由莲花峰赴狮子林，道出百步云梯，过鳌鱼洞而上。鳌鱼洞者，豁张如鳌鱼之口，约可容十人盘旋其中。出洞逆转，则登鳌鱼之脊，远望天海诸胜，群峰环列，如星罗，如棋布，佥可入画。小蝶大悦，引吭发长啸，松涛作响，似相唱和焉。

平生无他好，所好在林泉。万松岭下住，千愁一日蠲。

屹屹狮子峰，沉沉如睡狮。会有狂吼日，群伦胆破时。

振衣清凉顶，豁目望仙台。遥知明月夜，应有鹤飞来。

观云清凉台，迎日始信峰。倚天一长啸，万山拜下风。

丽田琴台上，茸茸长绿苔。猿公今不见，千古有馀哀。

绝峨连危壁，长冈接平阪。有客爱丹青，天然好粉本。狮子林有狮林精舍，可供食宿，住持惟清上人，款接可人意。前为万松岭，弥望皆长松。舍之左，有山坡，登数十级，为清凉台清凉顶，登眺极美，其上为狮子峰，雄蹲若巨狮。始信峰近在咫尺，幽秀可爱，一松一石，悉具画意。上有琴台，为丽田生弹琴处，摩崖犹存。丽田氏江，清代人，当年鼓琴时，每有白猿出听，宛然知音，及其奏罢，而猿亦不见矣。小蝶酷爱四周风物之美，因出素纸，就琴台下泼墨写生，历二小时而成，归后复为设色，即以见贻，兹已什袭珍藏于紫罗兰盦中矣。

一女将花至，二仙对奕来。我欲凌风去，邀与倾绿醅。

愧无生花笔，徒梦笔生花。愿借山头石，为我点墨华。自清凉台遥望，见有奇石二，一曰“美女送花”，髻鬟依稀可见，仿佛扶桑女子；一曰“二仙对奕”，一仙先已下子，意若甚得，一仙则作拈子沉吟状，均绝妙肖。散花坞口，则有小峰一，卓立如笔，一松出其顶，若笔尖然，云为“梦笔生花”。

冈头巉无路，勇上如奔霆。权借红口脂，勒作燕然铭。

郎上松林冈，妾步亦相从。谁为证此心，一树连理松。

松如翡翠林，峰似珊瑚船。西海门前立，心惊天地妍。松林冈在西海，巉削无路，游者绝少，愚等鼓勇达其巅。小蝶索十云口脂条，作书于素帕之上，谓某年月日某某等探险至此云云，系以树枝，立于丛石之间，以志纪念。惟风雨侵袭，恐终不能久耳。冈上多松，几株株皆连理，小蝶、十云至此，应作会心之微笑也。冈下有谷，曰西海门，美绝妙绝，有非丹青所能写其什一者。薄暮时夕阳红映，如活绣，尤富丽瞻。

攀葛上山坡，峰头日已暮。群鸟忽惊飞，争趺斜阳去。

红叶萧萧下，飞满散花坞。竟日不见人，一鸟啼烟雨。

行年四十一，童心迄犹存。登山似猿捷，出谷如骏奔。

重重叠叠山，行行又止止。愧我四男儿，不如一女子。散花坞在狮子峰下，巉削尤过于松林冈，愚等以惟清上人为导，攀藤附葛，颠顿而下，把树树折，践石石滑，幸有竹条牵引，得弗失足，否则，一落千丈，糜矣。坞中有瀑，水涸见石骨，山半得一潭，渊滮有声，掬水饮之，绝清冽。据惟清上人言，此坞以春游为佳，盖弥望皆野花，绚烂如锦绣堆。今则但见万绿中间以黄叶、红叶，略资点缀耳。愚腰脚犹健，馀勇可贾，初以第一人下，后复以第一人上，十云虽女子，而登陟奇勇，差堪抗手，小蝶及筱巢乔梓，均不能及。还登山坡时，日已西矬，群鸟闻声惊起，纷飞夕阳中，画料亦诗料也。

双筑双草笠，横绝万山隈。父子兵信勇，到处捉影来。

枵腹入深山，臣朔饥欲仙。赖有掺掺手，殷殷进玉盘。同游涂筱巢、鼎元乔梓，策筑戴笠，到处摄影，手镜箱回环四照，疾如发枪，愚因戏称之为父子兵，不为过也。山行苦饥渴，十云每出榼中饮食相饷，席地作辟克臬（Picnic，谓野餐也）。厥味绝胜，以视食前方丈，政无逊色。司行装者为顾君抑忱，心细如发，既周且至，愚深德之。

山中经雨后，一路白云封。晚来无个事，卧听萧寺钟。

一夜雾氤氲，朝来山雨秋。千峰新沐后，野花插满头。

一阵两阵雾，千点万点雨。群峰俱惜别，送我出山去。

茶树满山坞，花似白云吐。谁家采茶女，峰头出笑语。自散花坞归狮林精舍，山中急起重雾，继之以雨，彻夜不绝，枕上听雨声，与寺中钟声相应。旦起雨犹未已，群峰如沐，愚等游兴已阑，乘舆出山，山坞间时见茶树，花白如银，峰头笑语蝉嫣，隐约可闻，则采茶女也。

故人常相见，七日断知闻。何物持赠君，黄山一片云。

十日千里隔，故园梦魂通。将归无别物，一担黄山松。别海上诸故人七日矣，山中无邮筒，未通只字，而归来重晤，复无以为赠，至足愧也。其携以归我睽隔旬日之吴中故园者，舍行箧一事外，亦止小黄山松十数株耳。

天下纷纷日，我徒欲何之。黄山如可隐，艰辛百不辞。十载清游，舍黄山外无足道，记此琐琐，以示老友君豪。乌乎！天下纷纷，避秦无地，他日买山归隐，舍此莫属，黄山黄山，其亦许我乎？

1935年秋

（《黄山纪游》，《旅行杂志》1936年第10卷第1期）

七里山塘词

七里山塘春似锦，坠鞭公子试春衣。家家绮阁人人醉，面晕桃花映酒旗。

拾翠人来打桨邀，山塘七里绿迢迢。垂杨两岸僛僛舞，只解嬉春系画桡。

吴娃生小解温存，画出纤眉似月痕。七里山塘春水软，一声柔橹一销魂。

虎丘惯自弄春柔，七里山塘满画舟。好是平波明似镜，吴娘临睡照梳头。

几树疏杨斗舞腰，真娘墓畔草萧萧。山塘七里弥弥绿，不见烟波见画桥。

七里山塘宛宛流，木兰桡上听吴讴。未须更借丹青笔，柳媚花娇画虎丘。

七里山塘七首诗，频年阔别苦相思。故乡云树终无恙，头白归来也不迟。

约1936年春

（《七里山塘》，《海报》1944年9月8日）

归居故里

癸酉孟夏，予以虱处沪滨，备受刺激，悒悒致疾，遂引归吴趋故里，藉资息养。虽饥来驱我，月须赴沪四五度，而仍以家居之日为多。平日深居简出，读书写字外，第以莳花养鱼自遣而已。

廿年涉世如鹏举，铩羽中天不便飞。平子工愁无可解，养鱼种竹自忘机。

虞初三百难为继，半世浮名顷刻花。插脚软红徒泄泄，不如归去乐桑麻。

约1936年

（《园居杂记一》，《健康家庭》1939年第4期）

紫兰台

丙子暮春，复于园之北部，叠湖石为台，集黄山谷字勒之石，曰紫兰台，遍植紫罗兰于其上。

故园春似画屏开，每到花时酌绿醅。不羡玉堂金马贵，自甘归卧紫兰台。

约1936年

（《园居杂记一》，《健康家庭》1939年第4期）

幽居，步苏东坡《南堂》诗原韵

枕石临流一晌眠，绿阴如梦柳如烟。蝉声却共茶铛沸，茉莉香浓月挂天。

灭烛垂帘枕手眠，秋心如水梦如烟。何当幻作庄生蝶，物外逍遥别有天。

约1936年

（《园居杂记二》，《健康家庭》1939年第5期）

古本杜鹃

杜鹃古木上盆栽，绝肖孤猿踞碧苔。花到三春红绰约，明珰翠羽入帘来。

约1936年

（《花花草草·杜鹃花发映山红》，上海文化出版社1956年9月初版）

胥门吟

无赖长条复短条，春来绿满万年桥。只因不系征帆住，多少柔魂为尔销。

约1936年

（《盘门及其他》，《海报》1944年9月24日）

桂花老桩盆栽

在抗战军兴以前，我还有三株光福山中的桂花老桩盆栽，都是百年以上物，苍老可喜，开花时尤其美妙，我曾以小诗宠之。

小山丛桂林林立，移入盆中取次栽。铁骨金英枝碧玉，天香云外自飘来。

约1936年

（《仲秋的花与果》，《立报》1946年10月8日）

园中紫藤

繁条交纠如相搏，屈曲蛇蟠擘不开。最是阳春明月夜，花光一片紫云堆。

约1936年

（《园居杂记四》，《健康家庭》1939年第7期）

红鹃词选

愚于填词尚属初学，了无工力可言，顾亦以抒情为重。积近年所作，得小令、中调二百馀阕，成《红鹃词》一卷，自惭鸠拙，未敢示人，兹据录数阕。

清平乐

雁来秋半。怎奈音书断。检点绛绡心绪乱。染得泪斑都满。　　一春欢约难凭。始信鸳牒无成。依愿化为蚕茧。粉蛾幻出他生。

莺娇柳嫩。只觉春来闷。春不困人人自困。难遣一襟离恨。　　怜伊独客天涯。孤灯对影谁家。仙鹤夜深未睡。烦他去伴梅花。

卜算子

的皪两明眸，恰称颜如玉。宛转撩人水样柔，合是横波目。　　阁泪忽然晴，脉脉情相属。愿缩身儿剩半分，跳入眶中浴。

荆州亭

愁里光阴闲度。锦瑟年华耽误。何处是天涯，门外乱山无数。　　遥想彩云屯处。应有芳踪小驻。愿把百年心，附着行云同去。

柳梢青

夹道垂杨，丝丝挂碧，惯绾离肠。缅想江乡，春来处处，月满花芳。　　蓬山远隔红墙。苦不见，当年窈娘。情浅情深，情长情短，玉尽难量。

鹧鸪天

肮脏情怀郁不开。离多会少有沈哀。只因曲体萧娘意，刬袜香阶自去来。　　圆好梦，枕为媒。啼莺千万莫相催。痴魂销尽馀微魄，化作伊家玉镜台。

谢新恩

蜻蜓力弱池荷败，清秋澹澹容光。砌边鸣鹤自轩昂。月明小院，花发桂枝香。　　檀奴去后无音信，堪怜地远天长。牵愁萦恨是垂杨。一齐芟尽，从此免思量。

（《词中痴语》，《海报》1944年6月13日）

花非花

花非花，露非露。去莫留，留难住。当年沈醉紫兰宫，此日低徊杨柳渡。

转应曲

难耐。难耐。泼眼春光如缋。万花婀娜争开。付与贪蜂去来。来去。来去。魂殢紫兰香处。

如梦令

一阵紫兰香过。似出伊人襟左。恐被蝶儿知，不许春风远播。无那。无那。兜入罗衾同卧。

（《花前续记·一生低首紫罗兰》，江苏人民出版社1956年12月初版）

点绛唇

柔雨温风，紫兰台上春来又。蝶撩蜂还。烨烨花如绣。欲慰相思，检点双红豆。春来后。春人依旧。立得斜阳瘦。

（《紫兰宫·紫兰台》，《海报》1945年4月21日）

一痕沙

簇簇万花如海。日日常留春在。香满紫兰台。待卿来。花落花开依旧。愿为玉人厮守。不见七香车。一长嗟。

散馀霞

紫兰香径行行止。奈积忧如水。花下几度裴回，苦情丝难理。　　灯边写愁盈纸。吊病蚕痴死。没法安顿相思，化相思豆子。

（《园居杂记一》，《健康家庭》1939年第4期）

虞美人

生来酷爱花儿紫。看作良家子。最难忘是紫薇花。更有紫藤艳似紫云霞。　琼英玉蕊多娇姹。珍重千金价。关心最是牡丹栏。最是牡丹栏畔紫罗兰。

（《园居杂记四》，《健康家庭》1939年第7期）

南歌子

天冻云凝厚，楼高雪聚多。孤衾如铁夜如何。为问梅花香梦、怯寒么。

浣溪纱

跂脚西窗读故书。春光如画画难如。梅花枝上月来初。但使有梅兼有月，何妨日日闭门居。无须玉佩与琼琚。

误佳期

深院一窗帘静。月替梅花描影。只因常自病相思，辜负清虚境。　夜雨声偏骤，恍向心头打。此心原已冷于冰，却恐梅花冷。

（《园居杂记十二》，《健康家庭》1940年第2卷第4期）

望梅花

我爱梅花高节。老干居然如铁。枝上珠胎齐绽裂。绿萼绛葩幽绝。好待良宵邀素月。树树飞来香雪。

菩萨蛮

冻云酿雪侵朱牖。消寒同酌鹅黄酒。纤手剥香橙。为郎解薄酲。　　玉梅开独早。侬爱花容好。相约入山寻。幽馨染素襟。

以上1936年至1938年

(《香雪集》,《乐观》1942年第12期)

蜡梅盆栽

予于前岁得三本,花皆素心,两作半悬崖形,一则枯干半欹,一枝挺出而斜下,植之紫泥旧方盆中,古拙可喜,见者谓颇肖金冬心所绘老梅也。

蜡梅老树长双尺,斜下一枝力自强。纵有冬心椽样笔,能描花骨不描香。

1937年春

(《园居杂记二》,《健康家庭》1939年第5期)

白玉兰

大地春回风日好，嫣红姹紫满园攒。桃花轻薄李花贱，圣洁端推白玉兰。

1937年春

（《园居杂记五》，《健康家庭》1939年第8期）

紫　薇

霜皮枯干如顽石，石上奇葩似锦霞。人道紫薇郎已贵，此心却爱紫薇花。

1937年春

（《园居杂记六》，《健康家庭》1939年第9期）

浣溪沙·白兰花

生小吴娃脸似霞。裁红剪绿度年华。长街唤卖白兰花。借问儿家何处是，虎丘山脚水之涯。回眸一笑髻鬟斜。

1937年春

（《园居杂记六》，《健康家庭》1939年第9期）

浣溪沙·四时词

曲水涟漪碧似罗。水边依约见新荷。紫兰台上占春多。花影鬂头添窈窕，柳丝撩鬓笑婆娑。绿衣翡翠立虬柯。春。

溽暑浑忘暑气侵。绿云霭霭昼沈沈。喜分浓绿染衣襟。池上莲花涵玉露，窗前蕉叶布清阴。碧桐高处一蝉鸣。夏。

秋雨秋风剪晚芳。东篱丛菊傲秋霜。丹枫偏学美人妆。病蝶有情依曲槛，冻萤无力驻雕墙。伴人愁里听寒螿。秋。

梅屋峨峨一丈高。梅丘兀兀出花梢。梅边顽石亦岧峣。映日绮梅何艳艳，吟风修竹自萧萧。邀松来结岁寒交。冬。

1937年春

（《园居杂记七》，《健康家庭》1939年第10期）

咏秋塘睡莲

秋塘水色碧于纱，叶叶萍浮散绿霞。残月在天凉露重，文鸳催起睡莲花。

1937年夏

（《园居杂记二十六》，《健康家庭》1941年第3卷第6期）

挽陈石遗先生

忆民二六春，尝随张仲仁、陈石遗诸老以画舫赴虎丘，小泊山塘，朋簪毕集，多属胜流，一时笑语蝉嫣，欢腾一水，虎阜古塔，在指顾间，夕阳被之，似亦掬其笑容向人者。翌年石老遄返侯官故里，婴疾不起，予闻而哀之，挽以六绝句，中一绝即记山塘泛舟事。

当年虎阜寻春日，曾共先生泛玉觞。白发诗翁耽玩水，轻红一舸出山塘。

1937年8月

（《苏州杂劄一》，《小说月报》1940年第1期）

南浔沈氏水亭

“八一三”那年避兵南浔，住在南栅沈氏大厦中，屋后有半个水亭，下临寸池潭，雕阑画甍，楚楚有致，因此发起魇来，当它是大观园的一角，曾咏以七绝一首。

临水雕阑楼画甍，飞檐刺破晚霞明。独来夜半看新月，似在红楼梦里行。

1937年9月

（《园之恋》，《大观园周报》1945年第2期）

南浔三园

四季攸宜宜处处，宜园水竹自清华。尤宜结夏来常住，翠盖红裳万藕花。庞氏宜园。

小莲庄是凤凰栖，金碧楼台玉作梯。却爱秋花颜色好，芙蓉红罨鹧鸪溪。刘氏小莲庄。

啸傲适园情自适，溪山映带绿成荫。老梅偃蹇如高士，好待花开踏雪寻。张氏适园。

1937年9月

（《园之恋》，《大观园周报》1945年第2期）

遇陈王·报严独鹤

犹忆民二十六年冬，上海已沦陷，愚由吴中辗转避寇皖黟，鹤兄来书存问，意殊拳拳。时方学填词，即报以《遇陈王》二阕。

家残国破离乡井，走风尘。遁迹荒村归不得，寄闲身。朝汲清泉浇踯躅，夜烧红烛作词人。腰缠日减金垂尽，幸有千山未算贫。

春满江城鼙鼓远，乐重赓。故人别后当无恙，作么生。听歌想有红妆伴，看竹应多胜友迎。明哲保身君记取，且谈风月莫谈兵。

1937年12月

（《鹤归来》，《立报》1945年10月14日）

孙蕴璞、吴献书、程小青三公各以佳茗美点相饷

弯弯角黍安红豆，粒粒汤圆素手搓。莫谓个中无至味，哀鸿得此已为多。

麻糖甘蔗花生美，更数年糕瘪嘴团。最是西来珂可好，琼浆玉液灌心肝。

1937年12月

（《苦茶集》，《橄榄》1938年创刊号）

初　雪

层云卷尽山容见，薄雪霏微有若无。料是飞琼刚咏絮，偶拈粉笔学倪迂。

1937年12月

（《雪朝话雪》,《立报》1947年1月31日、2月1日）

首都已陷敌手，悲愤之馀，大雪中和之以诗

虎豹狰狞踞上京，江南春好未休兵。金戈铁马难为用，雷走天鸣起不平。

万里河山齐易帜，青天白日黯乾坤。彼苍亦自伤心甚，缟素盈头吊国魂。

1937年12月

（《雪朝话雪》,《立报》1947年2月1日）

雪中忆故园梅丘

客窗尽夜北风呼，万木萧骚雪片粗。何似故园梅屋好，天然一幅玉峰图。吴中故园有专陈盆梅之室，榜曰梅屋，屋畔叠石为

山，杂莳红绿白古梅，名以梅丘。

1937年12月

（《香雪集》，《乐观》1942年第12期）

寄园丁张锦

山重水复乱云遮，故里迢遥望眼赊。我愿天心来复后，大开东阁看梅花。

1937年12月

（《香雪集》，《乐观》1942年第12期）

叶老养和作《岁寒三友图》见贻志谢

多谢南屏老画师，挥毫为写岁寒姿。苍松翠竹原无恙，难得梅花看四时。

1937年12月

（《香雪集》，《乐观》1942年第12期）

喜　雪

寒衾瑟缩梦偏稀，晓起推窗雪正飞。安得抟成棉絮后，哀黎个个有冬衣。

1937年12月

（《雪朝话雪》，《立报》1947年1月31日）

对山草堂雪后所见

寒梅一树两树，远岫三重四重。枝定冻禽睡熟，淡云和月朦胧。

鸳瓦雪消时候，错疑山雨忽来。且自推窗一望，明星历历盈堆。

1937年12月

（《雪朝话雪》，《立报》1947年1月31日）

望江南

愚于民二十六年冬避寇皖南之南屏山村，闻首都沦陷，为之腐心切齿，悲愤靡已，尝赋《望江南》五阕吊之。

江南忆，弹泪吊南京。旧燕呢喃悲故垒，寒潮哽咽打孤城。那忍话新亭。

江南忆，回首忆围城。燕子矶边胡马走，乌衣巷口劫灰盈。泪眼望孙陵。

江南忆，玉树叹长埋。坐使豺狼居广厦，空馀血泪染荒街。碧水咽秦淮。

江南忆，王粲怕登楼。玄武从今谁耀武，莫愁此夕定含愁。战血凝清流。

江南忆，非复旧山河。乱草丛中横石马，斜阳影里泣铜驼。玉帛化干戈。

1937年12月

（《白门思痛录》，《立报》1945年11月28日）

寄友人

可怜我是无家客，遁迹他乡似倦鸦。纸阁芦帘残烛下，过年只有蜡梅花。

狂欢此夜兴何如，涯角相形大小巫。绿蚁红炉天欲雪，可能分我一杯无。

1937年12月25日

（《山村中的一个元旦》，《立报》1946年1月1日）

重过富春江

昔年曾泛富春江，魂梦常萦七里泷。一舸浮家重到此，不堪风雨扑船窗。

此行迢递五百里，一日思乡十二时。陌上花开应不远，再来品评到鲈鲥。

1937年冬

（《绿水青山两相映带的富春江》，《旅行杂志》1941年第15卷第1期）

富春江棹歌

兰桡小泊富春江，贪看青山启绿窗。郎坐船舷侬鹢首，鸳鸯终古自成双。

千山绿压富春江，面面云屏绕碧窗。侬听画眉郎进酒，夕阳红上木兰艭。

撑篙把柁总成双，暮暮朝朝共一艭。侬愿红颜常不老，与郎长住富春江。

1937年冬

（《绿水青山两相映带的富春江》，《旅行杂志》1941年第15卷第1期）

诉衷情·咏夜泊

夜来小泊平矼。富春江。左右芳邻，都是住轻艭。波心月，清辉发，映篷窗。静听怒泷吞石，水淙淙。

1937年冬

（《绿水青山两相映带的富春江》，《旅行杂志》1941年第15卷第1期）

过怒江滩

怒江滩上湍流急，郁郁难平想见之。坐看船头风浪恶，神州鼎沸正斯时。

1937年冬

（《绿水青山两相映带的富春江》，《旅行杂志》1941年第15卷第1期）

富春江凯歌

将军倒挽秋江水，洗尽黏天战血斑。十万雄师齐卸甲，画眉声里凯歌还。

1937年冬

（《绿水青山两相映带的富春江》，《旅行杂志》1941年第15卷第1期）

谢南屏村居停主人叶氏

客子无家竟有家，望门投止似归鸦。一枝寄托祇园树，日日心香拜叶迦。

1937年冬

（《还乡记痛》，《旅行杂志》1946年第20卷第1期）

题苦茶集

岁暮天寒，雨雪载途，作客他乡，思归弥切，而欃枪遍地，殊有行不得也哥哥之叹。于是共谋所以慰藉之方，即以十二人结社，排日作茗谈，以抒客愁。日由一人作东道主，略备茗点，即就其居处为会集之所，舍讨论时事外，间以笑谑，颇不寂寞。时愚方学为诗，则日成十馀首，出示同人，吟声琅琅达户外，与欢笑声相应和。向者百忧填膺，遣之弗去，至是淡焉若忘。愚因有社不可无名，即锡以嘉名，曰苦茶集，并以二绝张之。

同来异地为迁客，聚首苏台岁月赊。莫洒新亭忧国泪，齐斟一盏雨前茶。

囊金告尽难沽酒，且自忘忧啜苦茶。但愿中原终奠定，同归故里话桑麻。

1937年冬

（《苦茶集》，《橄榄》1938年创刊号）

慰苦茶集同仁

莫为思乡动家愁，一堂谈笑且优游。他时结队嬉春去，拂拂茶香满虎丘。

1937年冬

（《苦茶集》，《橄榄》1938年创刊号）

乱离草选

兵　连

兵连六月河山变，劫火燎天惨不收。我亦他乡权作客，寒衾夜夜梦苏州。

怀故园

吴中小筑紫菊秋，羁旅他乡岁月流。瞥眼春来花如海，魂牵梦役到苏州。

苏　州

苏州少女柔如水，况有明眸比水柔。数遍东南金粉地，竟无一处似苏州。

元都观里莺声脆，七里山塘水亦香。借问君家何处是，料难柔媚胜吾乡。

思　归

故园梦隔千山外，天地虽宽路却长。寄语杜鹃休唤我，人生如寄本无乡。

有　慨

干戈动地郁风雷，锦绣河山付劫灰。拔剑向天天不语，斜阳如血抹苏台。

1937年冬

（《苏州杂劄一》，（《小说月报》1940年第1期）

归　梦

中宵倚枕不胜愁，一片乡愁付水流。愿托新安江上月，照人归梦下苏州。

1937年冬

（《还乡记痛》，《旅行杂志》1946年第20卷第1期）

怀灵岩

兰成憔悴乡关远，红泪斑斑染故衫。分付白鹇休睡着，为驮诗梦上灵岩。

1937年冬

（《还乡记痛》，《旅行杂志》1946年第20卷第1期）

怀虎丘

莫为乡思动客愁，天涯王粲且登楼。南屏山色原如画，偏惹离人誉虎丘。

日日思归心似结，云山何处是吾乡。朅来淡泊无他愿，愿学仙家缩地方。

1937年冬

（《还乡记痛》，《旅行杂志》1946年第20卷第1期）

思　乡

六月妖烽昏八表，弥天劫火降三吴。故园花发色香减，异地身羁形影孤。千里归魂魂欲断，五更寻梦梦俱无。秾愁一夜如潮涨，处处青山叫鹧鸪。

1937年冬

（《还乡记痛》，《旅行杂志》1946年第20卷第1期）

浣溪沙·哀苏州

烽火无端一夜烧。貔貅十万不鸣刁。沼吴旧恨见今朝。宝带桥边流水咽，瑞光塔上怪鸱号。城狐社鼠向人骄。

1937年冬

（《还乡记痛》，《旅行杂志》1946年第20卷第1期）

望江南·吊苏州

苏州好，风物自清幽。叠翠拖蓝山水媚，嫣红姹紫女儿柔。一一付东流。

苏州好，回首尽成空。半壁江山残照里，千年文物劫灰中。那忍话吴宫。

1937年冬

（《还乡记痛》，《旅行杂志》1946年第20卷第1期）

巫山一段云·连日苦雨有怀苏州而作

自历玄黄劫，吴宫一旦休。灵岩塔上叫鸺鹠。肠断是苏州。　　飘泊千山外，难望百种愁。料知天意亦多忧。朝暮泪横流。

1937年冬

（《还乡记痛》，《旅行杂志》1946年第20卷第1期）

南乡子·哀兵劫中苏州女儿

生小住苏州。敷粉施脂翡翠楼。雾縠云绡临影榭，悠悠。只解贪欢不解愁。　　鼙鼓动城陬。豺虎眈眈伺道周。雏燕娇莺齐入网，休休。化作桃花逐水流。

1937年冬

（《还乡记痛》，《旅行杂志》1946年第20卷第1期）

示程小青兄

水剩山残染血痕，休抬泪眼望乾坤。且将君目悬天表，看逐倭奴出国门。君双目灼灼如岩下重，故云。

1937年冬

（《关于抗战的诗》，《立报》1947年3月19日）

男　儿

男儿头角自峥嵘，报国何妨赋远征。十万顽师齐斩馘，髑髅高拥受降城。

1937年冬

（《关于抗战的诗》，《立报》1947年3月19日）

梦故园花木

大劫忽临天地变，割慈忍爱与花违。可怜别后关山道，魂梦时时化蝶归。

1937年冬

（《花前琐记·梦》，北京通俗文艺出版社1955年6月初版）

念故园金鱼

“八一三”事变既作，举家走避古黟，予于百无聊赖之馀，日以韵语自遣，初但苦念盆栽花木，而不及金鱼，一日闻儿辈道及，因自谴曰：“我奈何薄情至此！”于是命笔率成十绝句。

吟诗喜押六鱼韵，鱼鲁常讹雁足书。苦念家园花木好，愧无一语到文鱼。

粲粲文鳞多俊物，词牌移借作名标。翻鳃绝似珠帘卷，紫种居然紫玉箫。

杨柳风中鱼诞子，终朝历碌换缸来。鱼奴邪许担新水，玉虎牵丝汲井回。母鱼诞子时，因水味腥秽，须时易新水。

盆盎纷陈鱼乐国，琳琅四壁画文鱼。难忘菊绽花如海，抗礼分庭独让渠。园中有陈列金鱼之室，曰鱼乐国，四壁张名家所绘金鱼。每年秋仲，苏州公园举行菊花会，辄以金鱼并列，予每届必以佳种鱼菊与会。

五色文鱼美且都，云蒸霞蔚自轩髦。登场鲍老堪相拟，簇锦团花著绣袍。

珠鱼原是珠江种，遍体莹莹珠缀肤。妙绝珠帘朱日下，一泓碧水散珍珠。珠鱼以产自粤中者为佳。

珍鱼娇娇生幽燕，紫贝银鳞玉一团。媲美仙葩差不愧，嘉名肇锡紫罗兰。北方名鱼紫兰花，遍体银鳞紫斑，绝类紫色花瓣，予因以所爱西土名葩紫罗兰之名名之。

沙缸廿四肩差立，碧藻绯鱼映日鲜。绝忆花晨临渌水，闲看鱼乐小游仙。

朝朝饲食常临视，为爱清漪剔绿苔。却喜文鳞俱识我，落花水面噞喁来。缸边易长绿苔，积久即为剔去。每晨临缸观鱼时，鱼辄纷纷浮起水面，似相识者。

铁蹄踏破纷华梦，车驾仓皇出古吴。不识城门失火后，可曾殃及到池鱼。时犹未知群鱼已殉难，窃以为城门失火，或未必殃及池鱼也。

1937年冬

（《园居杂记二十三》，《健康家庭》1941年第3卷第3期）

行香子·养金鱼

浅浅春池，藻绿鱼绯。看翩翩倩影参差。银鳞鳃展，朱鬣鳍歧。是瑶台月，珠帘卷，燕双飞。瑶台月等三词牌，为鱼中银蛋、翻鳃、燕尾三种别名。　碧罏流媚，彩衣霞举，衬清漪各逞娇姿。香温茶熟，晴日芳时。好听鱼喁，观鱼跃，逗鱼吹。

1937年冬

（《园居杂记二十三》，《健康家庭》1941年第3卷第3期）

太平时·故园摄影

丁丑冬，予以避兵远走皖黟，回首故园，睽隔千馀里外，夜寐夙兴，相思如结，幸箧中携有摄影数帧，时一出视，聊以自慰。黟友见之，纷纷传观，予则口讲指画，为之说明，并填小词数阕示之，调寄《太平时》。

万绿丛中粉壁遮。是吾家。玉梅香送影横斜。自清嘉。娇鸟鸣春蜂报衙。镇喧哗。篱边灼灼散朱霞。海棠花。

串串藤花挂一棚。紫云横。锦鳞来往戏银泓。似霞明。

桃杏争开辉绛英。映帘旌。绿阴深处莫鸣筝。且听莺。

带露玫瑰腻粉融。想娇容。杜鹃啼处杜鹃红。舞春风。芳草铺茵似绿熊。碧茸茸。万花炤夜月溶溶。喜相从。

一圃猗猗竹百竿。碧琅玕。竹边堆石作层峦。听鸣湍。松柏长春攒绿团。老龙蟠。幽芬最爱紫罗兰。胜沈檀。

曲径弯环簇柳枝。绿差差。白莲香发满清池。看仙姿。偎石眠莎倾酒卮。赏花时。家人目笑唤花痴。漫应之。

菊有黄华挺晚芳。傲秋霜。愿邀彭泽共琴堂。泛壶觞。临水芙蓉浓淡妆。想衣裳。一年常自为花忙。谢东皇。

1937年冬

(《园居杂记二》,《健康家庭》1939年第5期)

鬲溪梅令·山坡偶见古梅

一日外出小步,偶于山坡上见古梅一株,繁条四张,花开如雪,闲眠其下,可接清芬,殊不输孤山老逋仙也,因赋《鬲溪梅令》美之。

傍溪偎石老梅蟠。玉团团。负却几重香雪、没人看。狂蜂成队攒。　　寒葩与我两相欢。共盘桓。镇日闲眠花底、梦魂安。琼英真可餐。

1937年冬

（《园居杂记九》，《健康家庭》1940年第12期）

酷相思·梅花开矣，思归弥切

曾记梅开长至节。常独坐、花间逸。看古干、幽葩真峻洁。春到也、霏香雪。春去也、飞香雪。　　驿使而今消息绝。便诉也、无从说。待归去、和花同度日。船上也、梅花月。马上也、梅花月。

1937年冬

（《香雪集》，《乐观》1942年第12期）

偷声木兰花·瓶梅

胆瓶换插春梅早。白白红红开正好。我爱天真。看了青山更看君。　　痴心愿见花长笑。避却日光来返照。闭上疏棂。不许狂蜂恣意叮。

1937年冬

（《香雪集》，《乐观》1942年第12期）

柳梢青·颂苏州

七子山幽。虎丘塔古，映带清流。邓尉梅稠。天平岩峭，任尔优游。　　穰穰五谷丰收。可鼓腹、诗书解忧。酒冽茶香，花娇柳媚，好个苏州。

约1937年冬

（《苏州》，《海报》1944年8月28日）

集前人诗有“苏州”者，裒集成篇，以怀故里

集黄仲则句

相对空为斫地歌，酒阑萧瑟断肠多。我来惆怅斜阳里，如此苏州奈若何。

集孙子潇句

断肠春色消魂语，愁杀新愁接旧愁。剩有丹诚心一点，满天风雨下苏州。

集龚定盦句

春灯如雪浸兰舟，一夜吟魂万里愁。误我归期知几许，三生花草梦苏州。

人间无地署无愁，抛却湖山一篷秋。谁分苍凉归棹后，年来花草冷苏州。

集樊樊山句

青霜一夕紫兰秋，小劫还悲江上楼。红烛试停今夜雨，寒轻酒浅话苏州。

一行新雁过妆楼，眉妩萧娘满镜愁。昨夜画屏清不寐，倩郎作字寄苏州。

九死宾朋涕泪真，岁寒留得后凋身。共君曾在苏州住，千日常如一日春。

1937年冬至1938年春

（《苏州》，《海报》1944年8月28日）

樵　苏

未经忧患贪安乐，坐食奚知稼穑艰。且与儿曹同作苦，夕阳影里负薪还。

1937年冬

（《采薪》，《晶报》1938年9月23日）

喝火令·采薪

“八一三”日寇来犯，在苏州不能住下去了，我扶老携幼，和老友程小青兄暨东吴大学诸教授避难安徽黟县南屏村，大家真的做了难民。不但是挑水、买菜，亲自出马，还得上山去砍柴，而以砍柴为我们最得意的工作。那地点大半是在南屏山麓虎山上的大松林中，砍柴之外，再拾些松皮、松针和松果，带回来生了火，煮饭烹茶，是再好没有的。我曾以长短句记其事，调寄《喝火令》。

雪干常栖凤，云根自蛰蛟。腾拏夭矫上层霄。大泽风来谡谡，万壑起松涛。　　丹果如丹荔，翠针似翠毛。捡来并作一筐挑。好去煎茶，好去当香烧。好去鸭炉添火，玉斝暖芳醪。

1937年冬

（《花前续记·采薪》，江苏人民出版社1956年12月初版）

散馀霞·野烧

山上的茅草太多，樵子嫌它碍路，每到春初，就放一把火烧了起来。我所住的对山草堂，面对顶云峰，常能看到山半的野烧，夜间熄灭了灯火，坐在窗前饱看。那火焰幻成种种图案，活像上海市上的霓虹灯，自诩眼福不浅，而孩子们更拍手欢呼，当作元宵看花灯哩。

夕阳鸦背徐徐堕。忽野烧掀簸。山半灼烁齐红，放芙蓉千朵。　　童稚歌呼喧哄。问彩灯好么。我却心系天涯，痛处虑烽火。

1937年冬

（《采薪》，《晶报》1938年9月23日）

忆黄山四绝

民二六冬，我避兵皖南黟县南屏村，去黄山只有九十里，曾想前去小住一月，可是误信了村人的话，说那边已列为军事禁区，不许游览。后晤黟县祝县长，才知道没有这回事。待要去时，却因急于来沪，终于没有去，至今引为憾事。

山中独数黄山秀，除却黄山不是山。晋谒山灵原所愿，却忧豺虎满江关。

朝山前度逾旬日，揖别归来梦与俱。迎客老松应矫健，还能记得故人无。

当年俊侣翩翩集，西海门前送夕曛。他日为予留片石，好临清晓看山云。

濂溪昔爱莲花好，我爱莲花第一峰。为问别来无恙否，愿君长葆旧花容。

1937年冬

（《我所爱游的名山》，《旅行杂志》1940年第14卷第1期）

追忆黄山白龙潭

怒泉惊沸起蛟眠，泻入千山绝点烟。看遍人间无净土，孥云攫日上诸天。

1937年冬

（《我所爱游的名山》，《旅行杂志》1940年第14卷第1期）

归田乐·忆黄山

巘叠玲珑玉。看嵯峨、奇峰三六。起伏层霄矗。欹也或耸也，挂也横也，一一葱茏结寒绿。　　丹霞锁懈谷。千仞琼崖幽花簇。弥天云海，疑有众仙浴。石下与松下，随处有乱泉泻下，唤取灵猿伴三宿。

1937年冬

（《我所爱游的名山》，《旅行杂志》1940年第14卷第1期）

山村年夜饭

七簋四盘一暖锅，家乡风味未嫌多。劫馀犹吃团圆饭，难得闺人展笑涡。

无星无月凄清夜，今昔悬殊感不胜。为谢居停怜远客，满园花树缀红灯。

1938年1月30日

（《山村中的春节》，《立报》1946年2月2日）

元旦试笔

邻家爆竹催年去，新换桃户墨正浓。双掩柴门无贺客，迎头长揖顶云峰。园居遥对顶云峰。

三代古风今尚在，同堂贺岁笑衔杯。自怜客里萧闲甚，且共群山团拜来。

1938年1月31日

（《山村中的春节》，《立报》1946年2月2日）

谒金门·岁朝清供

索居南屏村，苦无盆梅可看，向邻家借得绿梅一株，与稚松小竹合栽一盆，结为岁寒三友。

苔砌左，翠竹苍松低亸。借得绿梅枝婑媠，一盆栽正妥。　旧友相依差可，梅蕊弄春无那。计数只开花十朵，瘦寒应似我。

1938年2月

（《香雪集》，《乐观》1942年第12期）

减字木兰花·雪后

纷飞雪霰。群玉山头天半现。踏雪寻诗。冷透诗肠得句迟。　春寒太酷。冒雪敲冰时踯躅。扫雪成堆。恍见亡儿雀跃来。亡儿榕幼时最喜打雪。

1938年2月

（《雪朝话雪》，《立报》1947年1月31日）

风入松·雪中惜落梅

连朝雨虐与风饕。六出复纷飘。千峰玉琢刚成就，还怜惜、树树梅凋。到处横飞香雪，满园破散琼瑶。　愿将燕子早些邀。奋翮度层霄。堆堆残瓣须衔取，向雕梁、好筑芳巢。从此冰魂得所，来年重现花梢。

1938年2月

（《香雪集》，《乐观》1942年第12期）

怀玄墓梅花

玄墓梅花锦作堆，千枝万朵满山隈。几时修得山中住，朝夕吹香嚼蕊来。

1938年2月

（《香雪集》，《乐观》1942年第12期）

春雪杂诗

春来天意难相测，电掣雷轰带雪飘。晓起推窗忽叫绝，群峰玉立著银绡。

千山毗接如连臂，强半山头雪未浓。我爱高寒天已晓，故教铺满顶云峰。

草堂阒寂无嘉客，觅韵敲诗两眼昏。风雪深宵频打户，寒衾有缝梦□温。

春花乍放难禁冷，玉叶琼枝带泪痕。为恐盆梅娇养惯，冲寒拨雪护灵根。

满地琼瑶深尺许，扶筇蹴踏□孤征。扪心自觉冷如雪，喜向人间冷处行。

行行止止疑无路，忧国忧家泪似麻。此意忉忉人不识，黄昏立雪吊梅花。

鸡犬无声飞鸟绝，银峰莹洁不沾尘。山家历碌忙何事，踏雪难逢第二人。

山阿封雪难寻路，一著斜阳雪化多。曲曲羊肠都溢水，笑看脚底起微波。

往还雪里廿馀里，为学劬劳志不灰。桃李迎门争匿笑，先生赤脚草鞋来。

雪满沙场兵未息，健儿报国血长流。月明掩映燕支雪，正色从今耀十洲。

1938年2月

（《雪朝话雪》，《立报》1947年2月1日）

苦茶集轮值，室人凤君以肉糜及黑芝麻手制汤团以进

醰醰诗味浓如酒，策杖山林乐事赊。松子拾来烧活火，蜡梅花下自煎茶。

南廊日暖如衣纩，相与负暄试苦茶。分食汤团庆完聚，权当仙侣饭胡麻。

1938年2月

（《苦茶集》，《橄榄》1938年创刊号）

戊寅元夜苦茶集示同人

春菜在盘酒在盏，一堂团聚一和觞。有家既作无家客，且把他乡当故乡。

1938年2月14日

（《苦茶集》，《橄榄》1938年创刊号）

戊寅元夜苦茶集和程小青

蜡梅未尽岁时换，暂释乡愁喜气融。十二朋簪联臂坐，烛光斜映酒颜红。

春菜盈前人一篮，无多耗费莫愁穷。酒阑烛炧齐归去，脚步跄踉似醉翁。

1938年2月14日

（《苦茶集》，《橄榄》1938年创刊号）

明月引·磁婚

廿年辛苦作梁鸿。共穷通。共西东。除了离家，总是一衾同。我有隐衷卿自晓，既无怨，又无恨，却慰侬。　慰侬慰侬意相融。有妇容。持俭躬。说也说也，说不尽、四德三从。连月蓬瓢，怜汝带围松。愿作能生并健饭，携子女，走晴峰，看虬松。

1938年农历一月二十八日

（《磁婚纪念》，《晶报》1938年9月12日）

磁婚调妇

当君十七妙年时，发约红丝粉薄施。自到吾家来作妇，蛾眉不扫扫阶墀。

当年胆小怯空房，此日居然作阿娘。一自蓝田生玉后，檀奴不爱爱儿郎。

家常琐屑自料量，井臼亲操尽日忙。且俟金婚花烛夜，何妨让汝作新郎。

1938年农历一月二十八日

（《磁婚纪念》，《晶报》1938年9月12日）

生查子·为次女梅十五岁生日作

前岁避兵古黟南屏山下，适值梅十五岁诞辰，流离颠沛中，愧无以为吾女寿，因填《生查子》小词一阕赠之。

心爱玉梅花，幽馥萦襟带。生个女孩儿，小字梅花配。三五月圆年，不解春光媚。应是为名梅，性与梅相类。

1938年2月

（《园居杂记十四》，《健康家庭》1940年第2卷第6期）

好事近·山居谢邻女赠梅

昨夜转东风，社燕带来春信。日坐愁城愁绝，与国香无分。　　乱山谷里梦梅花，倏觉暗香近。难得玉人情重，送一枝清韵。

傍榻列陶瓶，天竹殷殷红透。好与缃梅做伴，喜两相竞秀。　　梦回夜半忽闻香，冉冉袭罗袂。晓起检看衣带，又一花黏袖。

1938年2月

（《园居杂记九》，《健康家庭》1940年第12期）

分赠苦茶集同人

盈颠华发吴夫子，独擅胜场异国文。他日万邦坛站上，应需蛮语老参军。吴献书先生。吴先生夙擅英文，等身著作，执东吴教鞭数十年，窃愿其他日折冲国际樽俎间，为国宣劳也。

陈翁虎虎多生气，脚力超人路不迷。一事输君无可讳，步行两日到屯溪。陈海澄先生。陈先生年逾大衍，脚力过人，常往返于南屏、渔亭间，日行六十里无难色。尝与少壮之陆鸿钰先生徒步两日，作屯溪之行，计程凡一百馀里，同人佥为叹服，矍铄哉是翁也。

老谋深算如诸葛，孙子才名动一时。为学宣劳忘寝食，指挥若定是吾师。孙蕴璞先生。孙先生主任东吴附中有年，倍著贤劳，虽在乱离中，仍以学子失学为念，在浔在黟，继续办学，而沉着镇定，从容不迫，真吾师也。

程君本是奇男子，却袭芳名冯小青。两眼晶晶如挂镜，可能远照到幽冥。程小青先生。小青以创造中国大侦探霍桑著，目灼灼如岩下电，亦宛然大侦探本色，年来信奉基督，排斥幽冥之说，爰以末一句戏之。

吴君人亦如伊字，潇洒风流学养深。竟夕挑灯写日记，寒宵孤负九华衾。吴芷芳先生。吴先生尝留学美利坚，精研法学及政治学，得硕士学位，工书法，遒逸不凡，一年来勤写日记，未尝有一日间。愚于上诗“竟夕挑灯写日记”下，本另有“偏遗一事是敦伦”一句，同人既集，即故作狡狯，以此七字与“寒宵孤负九华衾”句缮写二纸折叠之，黏于诗稿第三句下，倩吴先生自拈一纸，以定去取。吴先生信手拈来，竟得“偏遗一事是敦伦”句，愚因高举于手，遍示同人，一座哄堂。

恂恂叶子传道好，十字架前作课勤。可忆南浔休沐日，登坛振吭读经文。叶芳珪先生。叶先生为基督信徒，传道苏浙，历有年所，同人仓皇离浔时，仍坚持弗去，可谓勇于负责矣。

沈君舌辩称无敌，烟雨楼边是故乡。一自弄璋喜占后，床前夜夜侍红妆。沈祖懋先生。沈先生为东吴附中训育主任，工演讲，口若悬河，在黟喜占弄璋，事夫人惟谨，每夜躬侍饮食，衣不解带，伉俪之笃，于此可见。

昂藏六尺英雄相，非复当年怀橘郎。日奉阃令挑菜去，归来洗手作羹汤。陆鸿钰先生。陆先生为物理学家，而工易牙之术，调和鼎鼐，游刃有馀，在黟时佐其夫人持家，每携筐入市，市菜蔬鱼肉以归，不辞劳也。村人见吾诗，哗传陆先生惧内，相与调诙。陆举以语愚，以作佣见责，愚笑曰："吾意但谓君有高柔之癖耳，初不敢以陈季常相目也。"陆默然无以难。

将军自有□□策，百万雄师泣鬼神。我愿脱胎兼换骨，与君共作蒋家人。蒋展初先生。蒋先生为东吴干才之一，佐理学校行政，且兼教职，栗六殊甚。愚以其与□□□□同姓，故以此诗赠之。蒋先生笑曰："君欲姓蒋不难，惜使君有妇，不得不屈君为小星耳。"同人因以相谑，愚复以俳诗答之曰："吴中白袷翩翩子，却要老夫列下陈。其奈生来具伟器，那能变作女儿身。""行年四十有三岁，君却刚刚廿九春。窃欲相烦权扮女，我来入赘作新人。"由是因"伟器"一语，引起不少笑料，以其谑而近虐，兹不复赘。

张家梦白年犹少，博古通今史学精。且俟乘龙骑凤日，红楼灭烛夜谈兵。张梦白先生。张先生通史学，其于中西史迹，熟极而流。因择耦苛，迄犹未婚，故以末二语调之。

留侯姣好和倩女，今有何郎作替身。只愿平居毋敷粉，来为圯上捧鞋人。何汝鑫先生。何先生精数学，年少美丰姿，爰以敷粉何郎相谑，然愚窃愿其献身邦国，终为张留侯第二也。

鲰生雅有秦宫癖，一日无花死亦甘。恨杀瘦鹃啼不住，未能归省紫兰盦。愚爱花若命，结习难忘，虽身羁异地，仍以栽花为日课，而以不克引归故园为恨焉。同人等读吾诗，有以语涉恭维，逊谢不遑者，亦有以调侃过甚，而提出抗议者。愚因复以二十八字为谢曰："赋得俳诗盈十二，群公聊可破愁城。庄词雅谑俱无忌，愿子喜瞋亦忘情。"

1938年3月

（《苦茶集》，《橄榄》1938年创刊号）

花朝日大雨寄慨

夭桃沐雨如沾泪，弱柳梳风带恨飘。燕子不来帘箔静，百无聊赖是今朝。

1938年3月13日

（《花花草草·百花生日》，上海文化出版社1956年9月初版）

悼姚民哀

"八一三"抗战军兴，报载民哀在虞山，主持抗敌后援会事，城陷，他仍坚持不去，终于落入倭寇之手，骂贼而死。当时我正避寇皖南，见了报，大为感动，曾悼之以诗。

虞山自是多灵气，骂贼重生南冠云。四百年前钱牧老，未能死节愧逢君。

横绝书坛垂廿载，莲翻舌本一堂春。那知艳说莺莺后，来作精忠传里人。

平居述作书奇侠，想见嶙峋铁骨来。史笔他年记节烈，虞山人物数民哀。

1938年春

附记：谁知到了上海之后，却听到人家说起民哀之死，恰恰和报载相反。据说他投身伪县府，任秘书之职，有一天和伪县长搭了汽车出巡，被游击队所杀。我听得了这回事，大失所望，一怒之下，就把那三首诗一笔勾销了。可是胜利以后，从没听得有人讲起姚民哀，不知他到底是怎样死的，愿虞山人有以语我来。

（《记姚民哀》，《立报》1947年1月27日）

从　军

陷阵冲锋宁惜死，男儿报国一身微。太行山上连天雪，战血凝冰挂铁衣。

1938年春

（《关于抗战的诗》，《立报》1947年3月19日）

渡　河

将军百战气吞胡，大漠风传出塞歌。十万貔貅齐擐甲，月明如水渡黄河。

1938年春

（《关于抗战的诗》，《立报》1947年3月19日）

春　深

黄河流恨鼓声死，故国春深夕照殷。鸟自无言花自落，悲风吹泪满江山。

1938年春

（《关于抗战的诗》，《立报》1947年3月19日）

怀西湖

平湖秋月明如水，沦作胡儿牧马场。月里姮娥应堕泪，中天夜夜閟清光。时山居方苦雨。

虎跑一脉湛湛水，也染殷殷战血腥。乞借当年神虎爪，飞扬却敌慰山灵。

1938年春

（《春之西湖》，《立报》1947年4月20日）

戏作白话词

鹊桥仙·相思

恨花恨月，怨天怨地，动便绊愁流泪。人言此是病相思，却没个仙方能治。　挂心挂肚，有情有意，要避也终难避。相思味苦似黄连，只苦里、还含甜味。

西地锦·和好

促坐口脂香逼。把眼波偷瞥。偎肩低问，别来无恙，恁者般青瘠。　莫是相思太切。减许多眠食。愿听侬劝，万千珍重，要时时将息。

步蟾宫·反目

一床分做鸿沟界。只为了、三言两语。不成铁打硬心肠，便兀自、把人怨怪。　看来少你前生债。我到底、心儿未坏。待将决计暂丢开，又无奈、时时记挂。

看伊郁郁常含泪。不用说、依然怄气。有时偷掷眼波来，才一霎、自家回避。　　令人束手难为计。直做了、妆台奴隶。本来拚与两头眠，怎禁得、柔情蜜意。

几朝甜蜜如情侣。一扳脸、便来冷语。莫非天在做黄梅，因此上、忽晴忽雨。　　分明错订鸳鸯谱。竟仿佛、冤家团聚。到头终是好夫妻，又何必、相煎太苦。

1938年春

（《花前续记·白话的情词》，江苏人民出版社1956年12月初版）

念故园花木

家亡国破花无色，泪眼看花不似春。归去花如依旧好，瓣香日日拜花神。

1938年春

（《园居杂记二》，《健康家庭》1939年第5期）

献衷心·鸟鸣

去春侨居古黟南屏山下，春晓听鸟鸣，不期念及故园鸟声之美，一时枨触于怀，因填《献衷心》一阕寄慨。

早蘧蘧客梦，宿鸟先醒。迎晓日，噪新晴。听啁啾小语，一一分明。是鸦啼，和鹊叫，杂鸠鸣。 他呖呖，我嘤嘤。可怜终异故乡声。愿迅归兰圃，乐事重赓。调青雀，看紫燕，打黄莺。

1938年春

（《园居杂记二》，《健康家庭》1939年第5期）

苦忆园梅不已，慨赋一绝

疏枝老干影横斜，百树寒梅绕屋遮。苦忆银屏珠箔下，一丸冷月照幽花。

1938年春

（《园居杂记八》，《健康家庭》1940年第11期）

梦盆栽老梅

杖藜日日走山隈，每见苍松便忆梅。愿似罗浮能入梦，月明林下一归来。

雪晴想见梅花哭，何日言归难自卜。痴心愿化翠禽还，长共梅花一处宿。

1938年春

（《园居杂记八》,《健康家庭》1940年第11期）

山居言志

自怜劫后如禅定，恬退为怀愿不奢。那得一驴并一笠，雪中随处看梅花。

1938年春

（《园居杂记八》,《健康家庭》1940年第11期）

春初入市买梅有感而作

愁人愁绝在天涯，迢递乡关客梦赊。玉蕊琼葩都绰约，可怜不是故园花。

1938年春

（《香雪集》,《乐观》1942年第12期）

对梅有慨

天涯飘泊年年老，百转愁肠苦忆家。漫道梅花如我瘦，春来我却瘦于花。

1938年春

（《香雪集》，《乐观》1942年第12期）

落　梅

两虐风欺一夜摧，梅花如雪委蒿莱。万山深处无须扫，好作幽人卧褥来。

1938年春

（《香雪集》，《乐观》1942年第12期）

梅花书屋

冷艳幽香如梦闲，红苞绿萼簇回环。此间亦有巢居阁，不羡逋仙一角山。

屋小屏深膝可容，隔帘花影一重重。日长无事偏多梦，梦到罗浮四百峰。

合让幽人住此中，敲诗写韵对梅丛。南枝日暖花如锦，掩映湘帘一桁红。

牙签玉轴满庾楼，独拥书城傲邺侯。笑看梅枝阑入座，吟边冉冉冷香浮。

闻香常自掩重扃，折得梅花插玉瓶。昨夜东风今夜月，冰魂依约上银屏。

1938年春

（《园居杂记十九》，《健康家庭》1941年第2卷第11期）

戊寅春仲黟沪道中纪行诗

丁丑暮秋，避兵古黟南屏山村，凡三阅月，枕流漱石，恣享山居之乐。旋以翌年三月，买棹来沪，与东吴大学老教授吴献书先生偕行，舟车凡七八易，历时计十三日，车唇鹢首，辄以吟哦自娱，得绝句六十首，但求谓律无误，不遑计其工拙也。辛巳初夏，瘦鹃识于紫罗兰盦。

千山沐雨凝新绿，人与春风共一舟。回首南屏情似昨，桃花潭水自悠悠。

江水滔滔日夜流，迎来送往不知休。此行一事真遗憾，未为黄山作少留。东吴诸教授约游黄山，因行期已定，谢之。

除却行囊无别物，一肩花担有山鹃。要他随我姑苏去，纪念江南喋血年。启行时，挈有山中所斸野杜鹃花一筐。

孤篷夜雨响飕飕，转侧无眠动客愁。我欲化为江上鸟，须臾飞得到温州。此行预定取道温州，更以海舶驶沪。

青山夹岸如相送，绿水推舟带恨流。一路画眉歌别调，夭桃经雨泪难收。山中画眉争鸣，似歌惜别之曲。

水上鸳鸯未解愁，双飞双宿木兰舟。郎撑篙子侬摇橹，被底酣眠有阿侯。自渔亭雇小舟赴屯溪，主者为夫妇二人。

坝边急湍潺潺响，船过浑如逐水鸥。我亦飘然身似举，愿他直下海东头。一路多石坝，舟过时一泻而下。

两家眷属似浮鸥，千里迢遥一叶舟。那得新安江上水，顺流推送到苏州。两家眷属计十有五人，均苦念故乡苏州不已。

身世无殊水上沤，劫馀流转似萍浮。一心悟彻西来意，十丈红尘莫浪投。此行虽以沪壖为终点，非所愿也。

坐镇屯溪爱子民，不惊匕鬯甲兵陈。闻鸡起舞馀风在，无愧中流击楫人。过屯溪赠祖心斋将军。

韬晦频年为市隐，栽花种竹自忘情。那知飘泊天涯后，偏有群英识姓名。在黟在屯，辱荷当地诸君子优遇，赋此志感。

屯溪晓发雨先歇，春水船如镜面行。晨旭出云驱宿雾，交交黄鸟弄新晴。

兰橹双摇刚剖水，浅滩溅溅浪花明。田家碾米轮回转，咿轧声清似弄筝。

绿屿栾栾小南海，观音不见见云行。中原历劫家家破，愿乞慈航度众生。小南海在皖边深渡西五里许，状似岛屿，有观音寺。

油菜花开黄似锦，芳原草色一时新。群牛鼓腹闲闲卧，那识号饥大有人。

同舟三代沧江住，七十老娘自掌柁。孙女司炊孙打桨，贤郎半百一篙挼。在屯溪易巨舟，司舟者一家三代，通力合作，可羡也。

春来晴日殊难得，山色阴沈薄雾迷。舟子披蓑如鹭立，一天疏雨过洋溪。去淳安百里，有小镇曰洋溪。

粼粼碧水如罗縠，渔父扁舟挂网回。生长烟波生计足，鹭鹚并载卖鱼来。时于途中向渔人买鱼，用佐盘餐。

浮家泛宅不知忧，欸乃声烦似越讴。听雨无聊躭午睡，兰桡摇梦下严州。严州即今之建德县。

玲珑楼阁峨峨立，品茗清谈逸兴赊。塔影亭亭如好女，一江春水绿于茶。与吴献老品茗严州江边第一楼，对岸有绿屿，一塔孤峙，挺秀可喜。

铁鸟横行难斥逐，营营取厌似青蝇。天怜老母心虚怯，斜雨搓风作纤绳。雨中飞机敛迹，老母旅次为之稍安。

灯火星星随水动，严州城外客船多。篷窗夜听潇潇雨，江上明朝涨绿波。严州夜泊，终夜雨甚。

曙光才露便成行，宿雨初收鸟弄晴。幸喜东风齐着力，晓山青处片帆明。晓发天已放晴，且得顺风。

布帆叶叶风翻白，兰桨轻盈打碧波。小艇无人闲倚岸，双凫带水入烟萝。

夭桃吐艳红如锦，郁李花繁白似银。桃李无心自逞媚，诗人偏说是争春。沿途时见桃李花烂开，红白掩映。

山家不解流离苦，临水挑台傩戏陈。优孟衣冠无足笑，须知我亦戏中人。山家有在江岸演草台戏者，观者甚盛。

历乱山葩围蔀屋，周遭禾稼亦蓁蓁。几生修到乡居福，须问桃花源里人。

向晚三茶原下泊，枕边彻夜听滩声。我撄尘网才烦恨，尔亦缘何诉不平。三茶为皖浙边一小村，附近多滩，厥声汹汹不绝。

小金山畔疑堆雪，近看方知是李花。且待他年来结厦，佳人沉李我浮瓜。浙境淳安西十里，有村落曰小金山，遍植李树，花白似雪。其地绝清幽，似亦可作逭暑之所。

两日遄行三百里，心钦舟子有长才。廿年历尽风波险，人海曾经打桨来。

兰溪江似柔肠曲，映带青山有绿洲。晓日艳如新妇颊，岚花江上老樵头。去严州后，溯兰溪江而上。

舟行上水计时九，杨柳风轻过九村。此日身逢阳九厄，深仇九世记晨昏。去严州七十里许，有小村曰九村。

九村过后连天水，风物依稀似我苏。那得太湖重泛棹，玉壶沽酒伴莼鲈。

峰回路转舟行缓，两岸平林绿影齐。三五纤夫驮夕照，水云深处是兰溪。

夜半停桡杨柳岸，香消酒渴梦初醒。无人会我凄清意，独卧船唇数晓星。

垂柳阴中千缕乱，朝霞影里一舟斜。清溪浅汲桃花水，活火新煎仙女茶。仙女茶出兰溪，窨以茉莉，清芬可喜。

江面浑如镜面平，无风无浪片帆轻。双篙画水翩然去，燕掠莺梢自在行。兰金道中，时见竹筏掠水而过。

幽奇三洞记金华，铁鸟横空似饿鸦。画栋雕梁供劫火，可怜燕子也无家。以三奇洞擅名之金华，时被飞机轰炸。

阳春三月花争发，霞蔚云蒸映雪涛。黄是菜花绿杨柳，李花淡白衬红桃。沿途田野间，杂花烂漫如画。

万山深处一鸠鸣，朝旭当空照水明。错怪此君来唤雨，声声却是报新晴。

鹉首横陈作小眠，山桃如火柳如烟。心随逝水悠然去，目送闲鸥没远天。

金华水尽无舟楫，路辟丛山走驿车。岚影扑窗如揖客，翠峤红遍杜鹃花。抵金华后，舍舟登陆，易汽车赴丽水，见丛山间一片红霞，与翠峤相映，则野杜鹃也。

层层叠叠三千折，曲曲弯弯路百盘。飞瀑疑从天际下，夭矫当作玉龙看。车行丛山中，蜿蜒曲折，不知其几十百盘。悬崖峭壁间，时有飞瀑下泻。

丽水水边多丽人，钱塘苏小是乡亲。愿伊重返西湖去，莫效当年西子颦。丽水多杭州女儿，盖因故乡沦陷后流徙至此者，眉黛间似有楚色。

曲岸差差篷影密，联翩衔接似长蛇。船如蚱艋人如蝶，同入瓯江狎浪花。瓯江中往来船只，均系舴艋，厥状与舴艋绝肖。

瓯江绝似严江秀，两岸晴岚列画屏。我欲唤醒黄子久，重挥妙笔写丹青。

爱国爱家心似一，食毛践土不忘恩。金瓯重固殊难卜，欲问青田刘伯温。舟过青田有感而作。青田，《推背图》作者刘伯温氏之故乡也。

容与中流幽意惬，贪看岚翠敞船篷。山奇岂亦关花事，踯躅开来别样红。

顺流偏遇打头风，舴艋冲波气自雄。行近温溪烟霭起，双枝桨破晚霞红。适遇逆风，舟行苦缓，抵温溪已薄暮矣。

三港庄前船小泊，野桃依竹作明妆。红襟绶带松梢立，衔得豆花一朵香。船泊三港庄，伫待潮退，亘三小时之久。登岸游眺，率书所见。

为看幽景寻诗料，兀坐船梢废午眠。却恨春潮从海入，油油绿水变黄连。江水本作碧色，而海潮涌至，立泛为黄。

一家共泛瓯江棹，篷底嘈嘈作健谈。七碗卢仝难解渴，烦伊素手擘温柑。温州柑子甜中带苦，风味别饶，吾妇在丽水购得多枚，时复擘以饷予，烦渴为解。

瓯江归海潮徐长，小泊须臾阻石尤。且待潮过重举棹，温风温水下温州。

那堪重过江心寺，吊古伤今一嘅呻。半壁河山南宋似，文文山后又何人。江心寺在温州，有文文山先生遗迹。

一槎浮海似浮沤，嘉客呻吟不举头。差幸顽躯如虎健，水天深处数飞鸥。在温州登谋福轮入海后，风巨浪高，客多眩晕，家人辈亦苦之，而予独夷然无所觉。

白浪滔天风怒喊，老渔打桨却悠闲。名缰利锁难缠缚，一世安居海上山。白浪滔天中，时见老渔安然拏舟而过。

破浪乘风愁不著，骋怀游目乐无穷。晚霞散绮天如醉，夕照烘山作怒红。

银灯照夜如明月，欢笑潜从舱底生。海客但知浮海乐，不谈国事只谈瀛。

半年流转三千里，水上长征水上回。慨念亡儿随水逝，幽魂能否踏波来。倚阑观水，苦念堕水而死之榕儿不已，甚愿其幽魂冉冉，踏波而来，一话劫后悲绪也。

苟全性命投篱下，此日低头到沪滨。孤愤撑胸馀涕泪，三缄其口作金人。野鹤闲云，逍遥三千里外，而此日又到沪滨矣。噫，孽哉！

1938年春

（《万象》1941年第1卷第1—2期）

间关来沪，饱受种种刺激，无可告语，只得宣之于诗

家室羁缠如桎梏，妻孥牵绊似荆榛。跼天蹐地难为计，我亦流民图里人。

王粲依刘非所愿，嶙峋傲骨渐消除。何时重买姑苏棹，种竹栽花读故书。

岑楼斗室容栖息，篏凤囚鸾郁不舒。苦忆故园风日好，万花深处闭门居。

稚松文竹参差列，结习难忘意自闲。悄立危楼成独笑，门无冠盖即深山。

烽火连年衣食尽，欃枪遍地万家哀。买山归隐难如愿，人海依然忍辱来。

十丈软红居不易，茫茫四顾欲何之。明知媚骨非吾有，遁迹深山恨已迟。

1938年夏

（《还乡记痛》，《旅行杂志》1946年第20卷第1期）

予爱紫罗兰垂二十年，至今未减，年来忽又与林和靖同癖，或以为异，赋此答之

廿载爱花情未变，紫兰香色最清嘉。年来忽抱逋仙癖，

只为梅花是国花。

1938年夏

（《香雪集》，《乐观》1942年第12期）

回苏州过平门

劫后归来白发新，频抬泪眼望城闉。旗翻旭日非吾物，如此江山坐付人。

1938年夏

（《还乡记痛》，《旅行杂志》1946年第20卷第1期）

过观前街北局

家国兴亡片羽轻，胡天胡帝自陶情。歌喉宛转筝琶脆，犹作承平盛世声。

蛾眉曼睩斗芳菲，夜半人来叩玉扉。一笑千金齐贬价，海红帘底卖咖啡。

1938年夏

（《还乡记痛》，《旅行杂志》1946年第20卷第1期）

回故园

故园三径未全荒，松菊犹存旧日香。最是池荷能解事，时艰不忍作浓妆。

百镒黄金身外轻，由人取求不须争。寒梅绕屋俱无恙，好待春来看玉英。

忍看园亭花木酣，山残水剩我何堪。艺兰无地根难著，一样伤心郑所南。

书剑飘零付劫灰，池鱼殃及亦堪哀。他年稗史传奇节，五百文鳞殉国来。

冬青树下且盘桓，共话离情惨不欢。袒裼裸裎君莫笑，而今禽兽著衣冠。

1938年夏

（《还乡记痛》，《旅行杂志》1946年第20卷第1期）

题王一之《天西买泪词》

奉倩神伤不讳痴，人间天上苦相思。廿年旧梦零星记，肠断西泠王一之。

百转千回忆旧时，难挥慧剑断情丝。平生泪积如山积，忍读天西买泪词。

1938年10月

（《再度悼亡王一之》，《立报》1946年12月19日）

观《碧血花》赋赠孙葛两先烈

不负堂堂六尺身，鸳鸯并命作贞臣。孙三今日登仙去，长笑一声泣鬼神。

义胆忠肝出狭斜，只知有国不知家。看伊嚼断丁香舌，万古长开碧血花。

1938年秋

（《葛嫩娘》，《半月戏剧》1946年第6卷第1期）

貂裘换酒·咏葛嫩娘

白下凄清水。镇潺潺、似歌似泣，声闻故里。道有青楼楼上女，为国甘拚一死。遇嘉客、随成知己。说剑吹箫豪狂甚，愿怜侬、莫当桃和李。方不愧，一佳士。　　孙郎自是奇男子。效孤忠、荷戈杀敌，仙霞关里。难得红妆能擐甲，不作樽边侍史。晓大义、端应如是。嚼断丁香寒贼胆，谢人天、我目长瞑矣。魂化鹤，抟云起。

1938年秋

（《葛嫩娘》，《半月戏剧》1946年第6卷第1期）

海棠春·寻梦

落花如梦和愁度。算只有、梦乡堪住。春梦不嫌多，况与伊同处。　谁知好梦无凭据。把梦境、从头温去。梦也忒难寻，迷了原来路。

约1938年

（《紫兰小筑九日记》，《紫罗兰》1943年第4期）

苦念颜文樑、黄觉寺两君

沧浪亭畔夕阳愁，桃李何堪尽远投。粉本天然谁识得。败荷空自泣残秋。

约1938年

（《艺坛片羽》，《海报》1944年7月1日）

伤风

滔滔浊世薰莸杂，触臭无须辟秽方。一自紫兰花尽落，未妨掩鼻不闻香。

约1938年

（《园居杂记一》，《健康家庭》1939年第4期）

杂忆

娟娟一圃紫罗兰，神女当年血泪斑。希腊神话，此花为女神葳娜丝思夫血泪所化。百卉凋零霜雪里，好花偏自耐孤寒。

约1938年

（《园居杂记一》，《健康家庭》1939年第4期）

月之二十一日，昆剧名家顾志成传玠婚，诗以调之

有志竟成顾恺之，男儿得意是斯时。红氍旧课从头理，夜夜床前演跪地。名曲《狮吼记》中之一折。

（《社会日报》1939年4月25日）

戏赠新娘张元和女士

红牙擫曲歌儿脆，曾有游鱼出水听。嫁得檀奴春睡稳，不须听梦牡丹亭。新娘为昆剧名票友，能饜弄五十馀折，《牡丹亭·警梦》亦其杰作之一也。

（《社会日报》1939年4月25日）

春初返里，见故园紫兰盛开，诗以宠之

荆棘丛丛行路难，归来喜看百花攒。琴书零落无须惜，瑰宝依然有紫兰。

燕子衣单寒意添，风风雨雨拗春天。紫兰耐冷齐舒蕊，为要留香不卷帘。盆盎中紫罗兰亦盛放，陈之梅屋中，一室皆香。

1939年春

（《园居杂记一》，《健康家庭》1939年第4期）

己卯元宵后一日重返吴门，一探故园梅花，流连十日，得诗三十绝，藉博冰魂一粲

家报平安可解忧，梅花招我到苏州。向人檐下低头过，

为了梅花作楚囚。

梅丘梅屋俱无恙，树树梅开树树稠。最是撩人情绪处，嫩寒春晓冷香浮。

海角归来褦襶甚，梅花笑我负平生。俗尘扑去三千斗，我与梅花一样清。

玉蝶淡妆如玉琢，硃砂浓艳似堆霞。平章花品谁居首，高洁应推萼绿华。

盆梅一一尽玲珑，古干虬枝绝世容。净几明窗清供好，花间日日醉千钟。

玉骨冰肌迥出尘，梅花开后始知春。幽香冷艳居寒谷，劲节还当勒翠珉。

年来心醉梅花妙，痴情不怕梅花诮。去春客里梦梅花，今春来看梅花笑。

梅屋周遭尽是梅，横窗一树已先开。胡床卧看亭亭影，何必巡檐索笑来。

年来忽抱卢仝癖，龙井狮峰未足夸。却喜奚僮能解事，新烹一盏绿梅茶。

梅丘处处还如昨，挑灯来看花成幄。愁听一夜雨潇潇，不知几树梅花落。

春寒料峭眠难稳，转侧中宵梦不温。沐雨栉风花怒发，缃梅端的是冰魂。

风风雨雨春萧索，凌虐梅花太不情。欲向东皇陈一愿，可能借我十朝晴。

新来燕子叹无依，湿雾封天冷雨霏。春黯江南哀窈窕，残梅噙泪惜芳菲。

十雨五风连日催，梅花摇落总堪哀。频年我亦飘零久，相对还须一恸来。

名利场中无雅骨，绮罗丛里有凡胎。任他岁月堂堂去，我为梅花特特来。

自怜历劫走天涯，随俗浮沈计已差。那得抽身人海外，杜门却扫看梅花。

疏影暗香兼韵绝，格高品逸匹仙葩。众芳销歇君来替，香国端推第一花。

萼绿硃砂双挺秀，小窗对我笑颜开。孤眠夜夜温馨甚，为有花魂入梦来。

老梅花发多姿媚，伴我悠悠入睡乡。闭了文窗关了户，罗浮梦里亦闻香。

逋老当年馀韵在，效颦我亦欲妻梅。凝香燕寝周旋久，不怕蛾眉见嫉来。

远道归来不算迟，梅花恰到半开时。此行一事难如愿，未看娟娟月下姿。

烽烟满地一悲歌，坐对梅花泪欲波。百苦千辛何足齿，要他装点旧山河。

但有梅花心便足，何须绮席与金尊。管他风雨萧骚甚，我自闻香不出门。

只为春来常苦雨，月圆时节闷清姿。无缘一看梅花月，且与梅花订后期。

恻恻春寒瑟瑟风，梅花狼藉雨声中。九回肠转愁难解，赋得新诗吊落红。

果然明月是前身，国色天香系我情。仪态万方如好女，尽容平视作刘桢。

骊歌将唱惜馀芳，花底徘徊泪数行。白日还嫌看未足，深宵秉烛看残妆。

春光未老梅花谢，片片残红落似麻，但愿好春能长驻，朝朝暮暮看瑶花。

朅来孤僻难谐俗，独与梅花结古欢。花品如将诗格比，若非岛瘦即郊寒。

奈何徒唤怅临歧，掩袂花前立片时。风动梅枝花欲语，依稀惜别断肠辞。

1939年春

（《香雪集》,《乐观》1942年第12期）

忆真妃·咏故园硃砂老梅盆栽

翠条风搦烟拕。影婆娑。仿佛灵蝯蜕化、作虬何。

薰风暖，琼英坼，色香多。约略太真娇醉、玉颜酡。

1939年春

（《园居杂记八》，《健康家庭》1940年第11期）

丑奴儿·怀西湖

明湖黯黯愁霾幂，燕叱莺瞋。燕叱莺瞋。那有香车碾麹尘。　杏花村里家家酒，买醉无人。买醉无人。孤负江南一段春。

1939年春

（《春之西湖》，《立报》1947年4月20日）

鹊桥仙·怀西湖

春峦浮碧，春波涵绿，爱杀西湖春好。喜从柳浪去闻莺，便倒入、丽春怀抱。　哀笳动地，湖山变色，西子蛾眉懒扫。九天惨雾压重重，更莫问、苏堤春晓。

1939年春

（《春之西湖》，《立报》1947年4月20日）

榕树盆栽

予因纪念榕儿而以重金购置之榕树盆栽，至今无恙，且欣欣向荣，尤胜于昔。树生石上，作悬崖形，枝垂三尺馀，下承一红砂浅圆盆，根须四张，蒙络几遍，厥叶常绿，且煜煜多光泽，令人对之忘倦。

一树绿榕生石上，繁枝倒挂叶扶疏。思儿不见权为代，月夜魂归好与俱。

1939年春

（《园居杂记七》，《健康家庭》1940年第10期）

岁寒三友盆栽

松、竹、梅夙称岁寒三友，治盆景者，恒以此三者并栽一盆，自饶馨逸。予尝于庭前植一红梅，而以矮松一本及紫竹数竿为左辅右弼，并树二石笋于其间为之点缀，咏之以诗。

平生雅爱松梅竹，隽侣婆娑伴岁寒。借得庭前三尺地，栽来好向月中看。

1939年春

（《园居杂记十六》，《健康家庭》1940年第2卷第8期）

己卯秋以所植菊花与小盆栽等参与上海中西莳花会，幸获总锦标英国彼得葛兰爵士大银杯，赋此志喜

绿章日日奏东皇，莫遣风姨损众芳。世外桃源无觅处，万花如海且深藏。

十丈朱尘涴骨清，随人俯仰意难平。一花一木西窗下，不是蛾眉亦可亲。

奇葩烂漫出苏州，冠冕群芳第一流。合让黄花居首席，纷红骇绿尽低头。

占得鳌头一笑呵，吴宫花草自娥娥。要他海外虬髯客，刮目相看郭橐驼。

1939年秋

（《紫罗兰盦未是草》，《申报》1940年6月10日）

1940 年代

亡儿榕三周忌辰感赋

抛撇幽魂守故山，孤坟草没有谁删。阿爷且忍须臾死，伫待雄师复汉关。

家亡国破天涯走，回首当年泪满衫。日月重光应不远，好携麦饭到灵岩。

1940年3月17日

（《忍死须臾》，《立报》1945年10月6日）

香妃词

低首虏廷欲断肠，红颜绝代出回疆。芳香竟体浑闲事，难得千秋姓氏香。

来向银屏示现身，好将心事诉于人。儿家只为姿容累，肯效须眉作贰臣。

（《社会日报》1940年4月4日）

庚辰春暮以水石暨花木盆栽参加上海中西莳花会，重获总锦标，感赋四绝

霞蔚云蒸花似绣，江城处处自成春。绝怜裙屐翩跹集，吟赏花前少一人。去岁秋季年会时，陈栩园丈曾偕张益君兄伉俪同来观赏，笑语甚欢，不意半载以后，遂有幽明之隔，思之泫然。

半载辛勤差不负，者番重夺锦标还。但悲万里河山破，忍看些些盆里山。出品中有盆山一事，苍崖孤悬，下有流水，丛苇间一舟归泊，似闻欸乃声，观者亟称之，谓其饶有诗情画意也。

劫后馀生路未穷，灌园习静爱芳丛。愿君休薄闲花草，万国衣冠拜下风。艺花小道，未敢自伐，徒以身与国际盛会，而得出人一头地，似亦足为邦国光，此则予之所沾沾自喜者耳。

小草幽花解媚人，襟怀恬定忘贪瞋。太平盛世如重睹，花国甘为不叛臣。世乱纷纷，不知所届，果得否极泰来，重睹太平盛世者，则吾当终老故乡，从事老圃生活矣。

1940年暮春

（《紫罗兰盦未是草》，《申报》1940年6月10日）

敬题《翔华先生遗集》

丁郎才调称无敌，蕙折兰摧剧可哀。缥帙缃囊方念主，

诗魂应化鹤归来。

（《蜗牛居士全集》，芮鸿初主编，上海丁嘉世草堂1940年7月初版）

题义士梅十二绝

铁干虬枝绣古苔，群芳谱里百花魁。托根曾在五人墓，尊号应封义士梅。

秋老吴宫落叶时，铁蹄践踏到花枝。国香却喜仍如旧，应谢丁郎好护持。

嵌空刻露老弥坚，花寿绵绵不计年。却笑孤山无此本，鳏生差可傲逋仙。

故人已逐华年逝，遗泽还留一树梅。赖有瑶花能解语，山阳闻笛不须哀。

幸有廉泉润砚田，笔耕墨耨小丰年。梅花元比黄金好，那惜长门卖赋钱。

十载倾心终属我，良缘未乖慰平生。何当痛饮千钟酒，醉傍梅根卧月明。

玉洁冰清绝点埃，风饕雪虐冒寒开。年年历经尘尘劫，傲骨嶙峋是此梅。

晴日和风春意足，南枝花发自纷纷。闺人元识花光好，佯说枝头满白云。

丛丛香雪白皑皑，照夜还疑玉一堆。骨相高寒常近月，缟衣仙子在瑶台。

傲雪凌霜节自坚，花开总在百花先。珊珊玉骨凌波子，离合神光照大千。

无风无雪一冬晴，冷蕊疏枝入眼明。丽日烘花花骨暖，海红帘角暗香生。

萍飘蓬泊在天涯，春到江南总忆家。梅屋来年容小隐，何妨化鹤守寒花。

辛巳人日，1941年2月3日

（《园居杂记十九》，《健康家庭》1941年第2卷第11期）

中西莳花会展览之日，灵犀兄翩然来观，承以三绝句见赠，敬步原韵和之

暮春花落在银床，犹有枝头恋剩香。图得一生花里住，不知人世有沧桑。

跼蹐庭前地一弓，栽花些子愧花农。那堪白日堂堂去，岁岁惊心吊落红。

人情无奈薄于罗，涉世浑如涉大波。赖有花枝长作伴，不须随俗祈三多。

（《社会日报》1941年6月4日）

芭蕉盆栽

每岁仲春，时复劚芭蕉幼株，作盆供，伴以拳石，仿唐六如蕉石图画意，净几明窗间，新绿湛然，宛然小绿天也。

盆里芭蕉高七寸，抽心展叶亦鲜妍。不容怀素来题污，净几明窗小绿天。

案头亦自有清阴，掩映书窗绿影沈。寸寸蕉心含露展，一般舒展是侬心。

（《园居杂记二十一》，《健康家庭》1941年第3卷第1期）

宝带桥词

鸳衾独拥春宵冷，昨夜郎归喜不禁。宝带桥边郎且住，欲求宝带束郎心。

春水葑门泊画桡，鸳衾春暖度春宵。郎情妾意谁堪比，不断连环宝带桥。

茜裙白袷双携好，促坐喁喁笑语温。宝带桥头春似海，闹红一舸过葑门。

宝带桥边柳似金，兰桡欸乃出桥阴。卧波五十三环洞，那及侬家宛转心。

卧波五十三环洞，烟雨迷离数不清。恰似郎心难捉摸，情深情浅未分明。

1943年5月21日

（《紫兰小筑九日记》，《紫罗兰》1943年第4期）

拟古四首题《紫罗兰》

娟娟紫罗兰，幽居万木阴。岭上梅花好，同此岁寒心。

娟娟紫罗兰，尘寰历劫还。相思苦无益，红泪湿青山。

娟娟紫罗兰，朝朝带笑看。种我灵台上，与尔结古欢。

娟娟紫罗兰，悠悠系我思。颠倒终为汝，情深不讳痴。

（《写在紫罗兰前头》，《紫罗兰》1943年创刊号）

和朱玄丁兄《苦待君来君不来》

苦待君来君不来，情怀深锁郁难开。紫兰零落花千片，红蜡烧残泪一堆。歇浦神驰鸿迹杳，夔门梦到角声催。衷肠欲诉无由诉，顾影夐夐信可哀。

曲阑凭遍一低徊，苦待君来君不来。红豆浑忘前岁撷，黄花犹记去时栽。千言留别何悲甚，万里长征亦壮哉。愿托大江西上水，早催兰棹逐波回。

匝地兵戈动八垓，相思寸寸半成灰。欲求心死心难死，苦待君来君不来。劲节长标怀嶰竹，奇葩终发感江梅。鸾飘凤泊何须怨，咫尺蓬山梦里回。

无题试罢有馀哀，明月当头一举杯。鹣鲽恩情仍固结，鸳鸯心事莫轻猜。常忧花谢花终谢，苦待君来君不来。屈指归期应已近，安排绮席好亲陪。

青鸟传书蝶作媒，心葩意蕊一齐开。霏琼屑玉多佳什，刻翠雕红有妙裁。琳宇千重魂莽荡，瑶台百级梦徘徊。蛮笺狂写相思句，苦待君来君不来。

（《等待》，《紫罗兰》1943年第10期）

等 待

春深四月一春休，如水年华逐水流。万绿黏天凝绿怨，千红划地积红愁。连宵选梦难成梦，尽日埋忧未解忧。闻道大江风正利，出门西笑待归舟。

（《等待》，《紫罗兰》1943年第10期）

敬和曼翁一绝

三月二十一日，曼翁前辈《甲申杂诗》，辱荷齿及不慧，兼及二十二年前蜜月中所作短篇小说《九华帐里》事，回首前尘，几同梦幻。曾几何时，而九华帐里人，已垂垂老矣。

人生禁得几星霜，摇落年年感众芳。平子工愁憔悴甚，周郎非复旧周郎。

1944年春

（《紫兰花片》，《海报》1944年4月14日）

复酬曼翁

是翁矍铄非凡骨，健笔依然走玉龙，原祝春来腰脚好，枇杷花下策吟筇。翁年将古稀，而仍勤于文字之役，可谓得天独厚。比为《大众月刊》撰《拈花记》说部，记当年花间韵事，历历如绘。窃愿其老而弥健，仍提跌宕枇杷花下也。

生儿差喜非豚犬，种树还期继橐驼。他日青山如可买，愿公来住绿云窝。铮儿攻农科有年，夙擅种树，吴趋故园中所有花果嘉木，多其手植。曩年不慧居吴时多，春秋佳日，翁辄由沪墉过我，相与作谈。诚愿他日归隐时，仍见翁策杖而来，婆娑于绿云冉冉中也。

1944年春

（《紫兰花片》，《海报》1944年4月14日）

集龚定公句吊只影老人

江左名场前辈在，胸中灵气欲成云。著书不为丹铅误，朴学奇才张一军。

丘壑无双人地称，许身何必定夔皋。栽花郑重看花约，万古浔阳松菊高。

湖山窟宅仙灵地，知隔朱扃几万重。十一年来春梦冷，古心突过汉朝松。

桑梓温恭名教始，肯肩朴学胜封侯。十年我恨生差晚，一夜吟魂万里愁。

猿鹤惊心悲皓月，满庭气肃如高霜。君魂缥缈归何处，丹实琼花海岸旁。

1944年春

（《吊只影老人》，《海报》1944年5月1日）

生查子·译西方电影插曲《江上彩虹》

江头虹影横，天宇何清廓。尽日听莺讴，疑自长空落。江头虹影横，娇鸟情相托。言约作嬉游，比翼于飞乐。

荡舟过小溪，划破波痕绿。执手与郎亲，香梦蘧蘧熟。江头虹影横，妾意终相属。愁里孕深情，潜入郎心曲。

1944年春

（《译电影名曲》，《海报》1944年5月6日）

生查子·译西方电影插曲《吾爱夜安》

临别道胜常，月子慵将堕。再度祝安康，暂与卿分路。相揽复相亲，脉脉情无那。入梦愿重逢，梦里仍怜我。

天上有双星，曾许明朝聚。独处夜迢迢，寂寞如何度。宛转语吾欢，小别休茹苦。今夕且安眠，吾意终怜汝。

1944年春

（《译电影名曲》，《海报》1944年5月6日）

香雪园寄慨

凭谁赤手拯元元，烽火弥天宿世冤。我既有家归未得，而今香雪不成园。

柏悦松欢些子景，剪裁封植费经营。寄人篱下悲牢落，王粲当年识此情。

世乱纷纷难一饱，栽花却为稻粱谋。何时共汝归山去，饮露餐风各自由。

1944年春

（《香雪园寄慨》，《海报》1944年5月14日）

西眺苏台不见家，更从何处课桑麻。燕来莺去流光换，地暗天昏望眼赊。敦品无惭彭泽菊，治生未种邵平瓜。剧怜臣朔饥难疗，日向江头学卖花。

1944年春

（《盆栽趣味·盆栽杂话》，上海文化出版社1957年6月初版）

集龚定公句挽顾明道

少作精严故不磨，江湖侠骨恐无多。夕阳忽下中原去，寥落吾徒可奈何。

少年簿录睨千秋，志乘英灵琐屑求。绝怜羿道无消息，著书都为稻粱谋。

各搦著书一枝笔，颓波难挽挽颓心。照人胆似秦时月，文字缘同骨肉深。

抢攘鄘间一饱难，华年心力九分殚。可知销尽劳生骨，不及溪松耐岁寒。

歌哭前贤较有情，莫抛心力贸才名。是谁指与游仙路，白日青天奋臂行。

九泉肯受狂生誉，挥手云声浩不闻。哭过支硎山下路，长洲重到忽思君。

1944年春

（《顾明道之丧·苦雨凄风吊故人》，《海报》1944年5月21日）

集黄仲则句呈天笑先生

打窗冻雨剪灯风，寂寂诸天夜气中。别后相思空一水，泪珠红入半江枫。

1944年6月

（《“泪”与“愁”》，《海报》1944年6月11日）

集龚定公句得诗两绝示铮儿

狂胪文献耗中年，不奈卮言夜涌泉。谁分江湖摇落后，刘郎才气亦求田。

才流百辈无餐饭，阅尽词场意惘然。从此不挥闲翰墨，倘容我老半锄边。

（《刘郎才气亦求田》，《海报》1944年6月20日）

谢黄介辅赙顾明道五千圆

相羊花底乐天年，为恤孤寒不计钱。泉下故人应拜谢，报恩祝汝后昆贤。末一句为龚定公句。

1944年夏

（《为恤孤寒不计钱》，《海报》1944年6月4日）

无题·集今觉盦句

前集今觉盦句，成《感怀》、《书愿》七绝十二首，张之本报。昨得铁瓮城中丁谛先生书，盛称其跌宕苍凉，浑朴秀劲。掠人之美，而得不虞之誉，读之能毋惭汗？愚半月来寝馈今觉盦诗，聊以遣闷，除此十二首外，又集成《无题》二十二首，足供吟味。实则原集中绝律古风数百首，或吊古伤今，或怀人题赠，所谓香奁体者绝少，而愚颠之倒之，竟一本而为靡嫚侧艳之作，今觉先生见之，不将斥其狡狯，怒其轻薄乎？书此，以志吾过。

愁见斜阳寸寸移，九秋风露漫相欺。枣花帘外初三月，密语楼东约后期。

送君江上生春水，沅芷东风不再芳。往事兜心劳反侧，只馀报答是凄凉。

云鬟缄札自风流，一笑宁因越女留。单枕伴将初月夜，微灯曾照旧时愁。

烟水茫茫阻碧城，风廊月地苦凄清。伤春目为高楼断，剩向红笺认小名。

不羡鸳鸯也羡仙，蹉跎心事又花前。红墙银汉年年事，炼石难弥混沌天。

帘影横波惜别时，有情天亦苦推移。凄凉已分与终古，生死犹缠独茧丝。

牵愁同入梦中梦，引睡惟堪乞浊醪。宓枕通辞原有托，红楼一隔更无憀。

红兰记梦路应迷，独向池廊觅旧题。天地无心春有泪，多生不泯是灵犀。

百岁如弯寸寸弓，江南又飐落花风。多情天与增惆怅，做尽凄凉短梦中。

桂堂西畔感凄馨，此恨江郎恐未经。莫对瑶阶伤夜雨，款春有梦不宜醒。

梦中笑泪杂啼痕，誓水难酬肺腑恩。省识屏山哀怨意，一生不负几黄昏。

星辰昨夜应无梦，伴我愁吟到六更。负尽芳时飘尽泪，银屏一觉已三生。

驹逝难回日驭驰，鹧鸪声里雨千丝。银床一梦无拘检，着眼分明欲语时。

减尽风怀未减狂，从知心病本无方。帷灯自照幢幢影，苦作微词托楚芳。

匆匆客燕已难留，孤影窥人月上楼。梦断来踪迷去迹，梨花谢尽不知愁。

爱宠依稀梦里身，伶俜旧事忆难真。此愁可待钟天诉，并入眉心一寸颦。

玉笑珠啼幻亦真，此生谁分住长辛。回头莫问销魂地，老尽云屏选梦人。

画里有人呼不出，楼西纤月掐愁痕。华灯照席星沈海，往事椎心总负恩。

独往谁堪慰寂寥，秋虫瓦缝助萧骚。依依脉脉三生意，和梦将愁度此宵。

馀年肝胆总酸辛，去雁寒烟隔战尘。怜汝凤飘鸾泊苦，花前谁忆旧星辰。

梦回晓幕怨繁霜，卅六鸳鸯已断行。新雁去楼才几尺，殷勤缄札独回肠。

新愁和梦不分明，枨触秋心未易平。百劫难回如覆水，云鬟再见卜他生。

（《海报》1944年8月31日至9月2日）

集龚定盦句得虎丘二绝

凤泊鸾飘别有愁，鱼龙得意舞高秋。湖山旷劫三吴地，顽福甘心让虎丘。

红似相思绿似愁，美人情妙遗九州。仙山楼阁寻常事，他日埋香要虎丘。

（《虎丘》，《海报》1944年9月4日）

苦饥吟

米贵如珠，天下苦饥者多矣。臣朔饥欲死，虽欲如陶彭泽之不为五斗米折腰，已不可得，口腹之累人，上至于此。仰屋兴嗟之馀，作《苦饥吟》，用代呼吁，世有仁者，傥亦有动于中乎。

升米珍同一斛珠，草根风味亦甘腴。万方玉食朱门里，不见穷黎血已枯。

穷年未许近郇厨，揽镜真同鹤样臞。藜藿自甘心自苦，思乡那后忆莼鲈。

仓谷已空麦已删，无田休自望乡关。首阳薇蕨心头贮，梦里还游饭颗山。

釜甑生尘也不妨，昂藏六尺自堂堂。人间烟火何须食，好偕仙家辟谷方。

狗偷鼠窃虎凭河，百劫馀生涕泪多。无食无衣无可诉，冯驩长铗不胜歌。

（《苦饥吟》，《海报》1944年12月7日）

爱的供状

在《记得词》一百首之前，先来十六首《无题》七律，作为总括大意的引子，前八首叙事写情，后八首伤离怨别，也真如龚定公所谓“殊呻窈吟，魂舒魄惨”啊！

《无题》前八首

卅二年前梦再温，眼边微孕泪双痕。瑶街乍睹姗姗步，绮阁旋通楚楚魂。寄去素笺才吐意，飞于玉札竟纡尊。红颜知已殊难得，初沐平生不次恩。

美人才调信纵横，冰雪聪明擅性灵。似凤清眸传密意，如莺慧舌吐深情。蜀笺善作簪花字，蛮语能为锦鴂声。心地玲珑通百艺，琼姿何况是倾城。

六年未许接仙姿，青鸟殷勤慰所思。欣遇花间行缓缓，喜逢巷曲去迟迟。蛾眉兴诼原堪恨，妒眼成城亦可嗤。愿向爱河拚自溺，尾生终古是情痴。

雏莺生小便联姻，乍见云軿意似焚。珠泪偷弹鲛帕湿，绣衣频谢麝香薰。缘由前定君怜我，梦可长圆我慰君。我未成名卿已嫁，问心终悔负红裙。

一病相思送晚芳，三朝茹恨探兰房。银光煜煜芙蓉镜，珠珞垂垂玳瑁床。眉样轻描仍未改，手衣初御示难忘。绝怜琼阁朱阑畔，珍重一声泪两行。

云英嫁去常衔哀，深锁蛾眉郁不开。聊以忘忧临舞榭，偶因遣闷到歌台。鸳肩婉谢檀奴并，藕臂轻扶阿母来。却让鲰生夸艳福，先颁玉旨约追陪。

初度招邀正好春，相陪绮席影形亲。人前岂必通眉语，背后原来已目成。海誓未能宣此日，山盟先许结他生。难忘银烛清尊畔，倚醉喁喁啮绛唇。

兰玉盈阶绿满荫，无情岁月去骎骎。愁无可解愁弥固，爱莫能忘爱更深。卿意缠绵如我意，我心宛转似卿心。闺中有妇差贤淑，慰问书来字字金。

《无题》后八首

叠叠闲愁叠叠深，排除无计且悲吟。梦中忽睹亭亭影，灯畔空偎瑟瑟衾。泊风飘鸾迷去迹，沈鱼落雁绝来音。遥知万水千山外，一样相思一样心。

相思万种夜来煎，转侧中宵苦不眠。独茧缫愁愁似水，孤灯煮梦梦成烟。仙葩堕溷殊堪惜，彩凤随鸦总可怜。莫叹人间多缺憾，从容一笑付之天。

山程水驿白云连，抚昔思今梦不圆。秋草经霜都落寞，春蚕作茧本缠绵。宫砂一载劳相守，鸳牒三生恨未填。检取心魂抟作土，卿卿我我万千年。

前尘追溯有馀哀，岁月难留白发催。竟遣娇莺衔鹤怨，谁令雏燕误鸠媒。卅年输爱缘非浅，一舸浮湖愿早灰。但使双心常固结，他生携手约重来。

长宵寂寂漏沈沈，吊梦歌离泪满襟。莫道情深难啮臂，曾因爱切共盟心。花开花落愁常驻，春去春来老渐侵。但愿年光能倒驶，韶颜同向梦中寻。

风清月白小春天，惨绿愁红入锦笺。不信至情能老去，非关失恋自缠绵。瑶函积积巾箱满，倩影频频梦寐牵。只恨身无双凤翥，长风相送到君前。

无意行春作散仙，杜门却扫忆当年。银屏影里常联臂，金谷园中小比肩。荡气回肠怜我苦，推襟送抱感卿贤。情知此别应非久，密意从头诉万千。

芳菲三月满春城，独处岑楼静似僧。眼底偶呈花绰约，心头常挂影娉婷。金环贴我千般意，红豆赠君万种情。莫惜华年随逝水，今生未卜卜来生。

《记得词》一百首

这些年来吊梦歌离，愁红怨绿，老是在百无聊赖中消磨这如水年华。虽说是如水年华，倒也并不觉得像水一般流得那么快，也许是为了百无聊赖之故，就合着“度日如年”那句老话，反恨那光阴过得太慢而有些儿不耐烦了。《记得词》绝句一百首，就是我百无聊赖中的一种产物，借此以找到一些精神上的安慰。而我的所谓精神上的安慰，偏又少得可怜，简直可说是等于零，有之，那么就是我三十二年来刻骨铭心的那一页可歌可泣的恋史而已。在“八一三”事变以前，老友张恨水兄曾根据我的本事，写了一部长篇小说《换巢鸾凤》。由我排日付刊于所编的《申报》副刊《春秋》上，那“楔子”中的十首联珠，就是全书叙事的纲要，写得宋艳班香，娓娓可诵。如今转录于此，留一纪念：

“盖闻兰生空谷，流泉度其孤芳；月落秋阶，苍鹤怜其皓魄。是以高山一曲，焦桐托生死之交；落花无言，巾车感相逢之晚。”

“盖闻二南之叶，好逑为往哲所不能讳言；三间之辞，钟情亦骚人所有以自托。故铜沟流翠，有缘得叶上之诗；彩凤求凰，怜才悟琴中之意。”

“盖闻求三年之艾，虽扁鹊莫起沉疴；索十万之钱，是天孙尤须重聘。故灰尽芳心，商女不知亡国恨；撑将泪眼，落花犹是坠楼人。”

“盖闻沧海多波，红颜薄福。鹦鹉以能言而投笼，孽非自作；山鸡以善舞而触镜，天实为之。是以能藏金屋，不妨生碧玉于小家；一入侯门，谁得寻紫钗于旧邸。”

“盖闻良禽择木，不以遭网罗而易此心；芳草流芬，不以生荆棘而丧其质。故徐庶别蜀，策未魏谋；李陵事胡，心存汉室。”

“盖闻精卫填海，未减痴心；愚叟移山，且竟素愿。牡丹亭畔，寓言还杜女之魂；四马门中，故主圆乐昌之镜。故满山是血，夜深啼遍哀鹃；一苇可航，春归终期旧燕。”

“盖闻孝思不匮，有歧路回车之私；人言可畏，秉瓜田纳履之成。故东家宋玉，遽感投桃；陌上罗敷，终虚解佩。”

“盖闻月没星替，并是因缘；李代桃僵，相为祸福。故绛珠虽出于贾氏之园，孔雀不飞于仲卿之室。”

“盖闻汉家信绝，明妃之泪偷垂；楚宫腰轻，息妫之心早碎。故面壁经年，留此身以有待；楚歌四起，恸去日之苦多。”

“盖闻河梁唱别，念生死之悠悠；楼上断魂，感年华之寂寂。故抽刀断水，情犹击乎藕丝；炼石补天，身不甘于泥絮。”

“盖闻相思难治，惟卜双栖；角酒不已，同拚一醉。故海枯石烂，犹订约于他生；花落鹃啼，徒遗恨于今日。”

事变中《春秋》暂时停刊，《换巢鸾凤》也就不了而了。可是恨水兄辛辛苦苦地一连写了十五回，虽已费了不少心血，还是好像有一重隔膜似的，搔不到我的痒处。原来我自己心坎深处蕴蓄着的千头万绪，任是恨水兄那么一枝生花妙笔，也无从曲曲折折地描写出来。要是让我自己动笔来写吧，那又好像是一部二十四史，真的不知从何处说起！于是就在百无聊赖中雕肝镂心，追忆三十二年来的一切，写成了《记得词》绝句一百首。写的时间先后不出一年，而所记的却概括了三十二年，时日当然不能尽记，自也不免有先后颠倒之处，好在这个并不是本人的年谱，无关重要的。诗中所记，有的是事实，有的是梦境，有的抒情绪，有的写感想……信手拈来，并不计其工拙。最近却为了郑重起见，特地检出原稿，走访诗友沈禹钟兄，请他指正，因为他是此道的老斫轮手，料想定能给我点铁成金的。谁知一星期后他把诗稿交还我时，却见一百首中仅仅改动了七首，七首中仅仅改动了二十二字。当时我自然很不满意，问他为甚么不痛加斧削，难道是为了朽木不可雕么？他回说："这一百首诗全都由你灵府中的深情蜜意组合而成，实在改动不得，并且也看得出你已刻意求工，早就一改再改，煞费苦心了。"我没奈何，只得勉勉强强地把它带了回来，也只得随随便便地把它发表了出来，有的须加注语的，就加上几句；无须的，也就从阙。因为诗是旧体诗，所以注语也一概用文言文了。唉！前尘若梦，往事如烟，回首当年，惆怅曷极！在清代诗人舒铁云氏的《瓶水斋诗集》中集成二绝句，即以题其端：

"豆蔻梢头事惘然，青春初度有情天。人间此境应愁绝，谁遣鸳鸯化杜鹃。"

“归梦自随流水去，暮鸦啼杀绿杨丝。云英已嫁方干老，肠断吴侬本事诗。”

卅年前事已成陈，爇尽心香入梦频。记得江城春似锦，绿杨巷陌种兰因。溯自当年邂逅之始，缠绵歌泣以迄于今，一弹指顷，忽忽已逾三十年矣。

小年媚学成书蠹，偏有闲情役梦魂。记得心旌常著处，萧疏风柳大南门。少时颇知媚学，十八岁即执教鞭于母校。大南门为黉舍所在地，而伊人之家，亦复密迩也。

圆姿艳艳髻峨峨，瞥睹仙姝堕爱河。记得城南花巷里，痴心日日伺秋波。伊人就读于城西某女学，散学归来，必取道小巷，予亦排日过此，以伺其眼波为快。

洛川神女非凡艳，小谪千年下太清。记得红窗偷一眼，不输平视作刘桢。有时以时间相左，过小巷不值，则诣其家门前窥之，虽偶睹倩影于一瞥间，自谓亦不输刘桢之平视也。

怜香惜玉一心坚，青鸟传书诉万千。记得九天颁玉旨，簪花小字满鸾笺。伊人以艳慧蜚声里闬间，予固已心识其名，爰以尺素书往，藉达钦迟之忱。越三日，竟获还云，慨然以缔交见许，盖予尔时已为文字役，渠亦知予名矣。

清才能作探梅赋，丽质还胜萼绿华。记得年来耽冷艳，不辞风雪看寒花。某日书来，媵以校中所作文课《探梅赋》一篇，清词丽句，斐然可诵。予年来有逋仙之癖，爱梅特甚，虽曰以其为国花故而劲节孤芳，此文固已诏我于先矣。

孤雏号夜泪难干，黄卷青灯耐岁寒。记得天人关爱切，年年奋翮作鹏抟。予六岁失怙，赖慈母茹苦含辛，鞠育以长，平日孜孜向学，不敢少懈。自得伊人垂青，则更朝惕夕厉，力图奋发矣。

红牙按拍歌喉脆，常有游鱼出水听。记得华堂曾度曲，看莺百啭牡丹亭。伊人擅昆曲，得名师薪传，《牡丹亭》游园、惊梦诸折，均能琅琅上口。

一枝豆蔻乍含胎，便下温家玉镜台。记得悲来常咄咄，误人至竟是鸠媒。雏莺生小，即以媒妁之言，许字富家子某氏。某蠢毒无所长，非其俪也。书中每及此事，辄悲愤不已。

珍珠密字乌丝格，心事千重一纸书。记得行间曾渍泪，琼愁玉怨总难除。嫁前十日，以长书剖诉衷曲，哀怨弗胜，略谓数年来一再婉拒，以冀幸免，今则实逼处此，不能复延矣云云。行墨间泪痕斑斑，犹隐约可见也。

春来渐觉腰围瘦，疑是东阳姓沈人。记得渠侬将别嫁，故应肠断百花辰。伊人嫁期订于春初月之某日，予忧伤憔悴，无以自慰，竟致恹恹而病，不觉瘦损沈郎腰矣。

盈门百辆驻香舆，泪眼无从挽锦裾。记得云英终嫁去，鸾情凤想尽成虚。嫁之日，予既计无所出，但有饮泪，伊人亦委心任运，不克自全，于是鸾情凤想，尽付东流矣。

洞房春暖恰三朝，携泪强来访阿娇。记得亭亭人玉立，纤眉蹙损未曾描。予以夙稔夫已氏故，爰于三朝托词称贺，藉谋一面。入洞房时，见其低眉弹黛，有楚楚可怜之色，而微抚其所御浅色丝手衣以示意，盖予畴昔所馈赠者。

胜常道罢暗魂销，相对无言倍寂寥。记得琼姿能闭月，如何减却几分娇。此为予六年来与伊人晤对之始，亦两两通词之始。顾寒暄数语后，咸悲从中来，默尔而息矣。

银盂银笔亲贻我，中有佳人款款情。记得书窗常作伴，誓将翰墨奋前程。承以银笔、银水盂等文具数事见贻，盂上镌英吉利字“REMEMBRANCE”并其西名缩书“V.T.”二字，盖欲予睹物思人，长毋相忘，亦所以勖我努力文事也。

玉珰缄札美人贻，雒诵回环可忘饥。记得传书求稳便，常劳琼姊与兰姨。平昔无由觌面，则端赖缄札为慰情之具，每得其片纸只字，目为瑰宝，予作覆靡勤，以邮递之不甚稳便也，辄倩其中表姊妹行为青鸟使焉。

阿谁识得莲心苦，偏说金闺福自饶。记得鸳衾常独拥，空教红泪湿鲛绡。伊人戚邻中之昧昧者，佥以其嫁得金龟婿为有福，初不知两情难洽，如冰如炭，独处深闺，似坐犴狱，日惟以眼泪洗面而已。

翠眉难展可怜颦，嫁后光阴惨不春。记得葳蕤经岁守，灯前仍是女儿身。

苦心坚守女儿身，完璞还期报故人。记得千言陈密意，至情应许勒贞珉。频年鱼雁常通，徒诉哀怨，未尝以其蕴蓄于心者，稍稍泄露于行墨间，盖犹冀予自拔于情网，毋再郁郁为也。比十五年后，因予去书之一激，始倾筐倒箧而出之，其民十六年七月十一日来书云：“（上略）想当初我也曾几次三番的想抵抗，然而总没有效力，做梦一般的被他们送进这牢狱式的门口了。后来退一步想，我譬如寄居此间，保持清白，以后慢慢的再作道理。一年功夫，居然被我捱过了。但是好不容易，这恐怕也没有第二人所能办到的吧？”苦心孤诣，一至于此，三复诵之，为之感激涕零！一息尚存，自当铭心刻骨，永矢弗忘美人恩也。

碧梧元合凤凰栖，谁分秦楼未可跻。记得千金申一诺，今生长作未婚妻。“（上略）我和你是很正当的精神结合，要是你不嫌弃我的话，就作为我是你的未婚妻便了。”此亦七月十一日长书中语。嗟夫！世有百年偕老之夫妇，又安得有一生相守结褵无期之未婚妻哉？是痴情语，亦伤心语也。

经年无分见文箫，不觉朱颜渐渐凋。记得孤灯孤枕畔，听风听雨可怜宵。侯门如海，远隔红墙，虽欲一伺眼波，亦不可得。憔悴经年，不胜相思之苦，而风雨之宵，尤难为怀焉。

欲从画里唤真真，不见欢容只见颦。记得芳年刚十七，梨涡一笑可回春。欲见不得，则时时出其小影视之，影摄于当年缔交之时，正十七妙年华时也。

销魂时节在城南，吊梦歌离百不堪。记得情丝常自缚，年年辛苦作春蚕。城南为彼故居及新居所在地，风日佳时，辄往过之，以冀一见。政如春蚕作茧，丝丝自缚，不自觉其可怜也。

楼头依约见仙姿，一味相思一味痴。记得连天风雨里，为伊引领立多时。某岁春，伊人为避兵故，暂住城北租界中。一日予过屋外，瞥见其适在楼头，因痴立对街一市肆之前，藉微波以通辞，虽风雨连天，沾衣都湿，弗顾也。

一年守鳏非为久，别缔鸳盟总可嗤。记得渠侬心绪恶，歌台听唱葬花词。伊人嫁后一年，慈母见予郁郁不自聊，命即别娶。婚之日，渠亦来观礼，眉黛间有楚色。翌日忽以书来，谓昨宵观《黛玉葬花》于某剧院，心绪恶劣，为林颦卿一掬同情之泪云云。微旨所在，自不难探索而得，顾予惟有引疚，无以慰之。

美人身世等秋荼，独对菱花影总孤。记得花晨梳洗懒，偷缄红泪寄檀奴。渠与夫己氏既不相得，故以独处之时为多，书来语多凄惋，行墨间似沾泪痕焉。

芳心一寸渐成灰，委曲求全事可哀。记得罗裙长不湔，晶盘日日进青梅。"我虽守过了一年，而你已和人结婚了，这也不能怪你，我又不曾向你有所表示，这都是我不肯多说话的害处。总之，这样一来，我很觉灰心，以为你是没有真情的人。（现在我已不是这样想了）心中一懈，就此前功尽弃，这便是我作为今生和你无缘的证据了。"此亦民十六年七月十一日长书中语。盖彼嫁后守身一年，意有所图，因予别娶遂灰心。于是前功尽弃，委曲求全，而怀孕于两年之后矣。

可怜九月初三夜，握晤还疑在梦中，记得春秋逾六度，情深只赖雁书通。缔交六载，未尝敢谋一面，但藉尺素互通情愫。及双方嫁娶之后，而忽有此举，洵不可解！记是日为九月初三，时已薄暮，白香山“可怜九月初三夜”句，遂得假用于此，当促坐密语时，犹疑南柯一梦也。

凌空兀兀摩星塔，有约同来夕照沈。记得凭阑曾密语，坚贞共矢百年心。把晤之地，在先施乐园之摩星塔下。时予方主纂《乐园日报》。日必莅园视事，因约晤于此。因此一晤，而情谊益坚，毕生以之矣。

珠愁玉怨梅花落，搬演红氍自逼真。记得悲来同雪涕，依稀都是戏中人。包天笑先生说部《梅花落》。先后由新民社、民鸣社编为话剧，演之红氍毹上，尝约伊人往观，至哀婉处，辄相与雪涕。

只缘久郁意难舒，期月偶疏雁足书。记得飞笺来问讯，檀奴玉体近何如。予多愁善感，无以自解，每郁伊无欢时，百事都废，即与伊人亦不复通音信。于是来书辄殷殷以健康与否为问，可感也！

使君有妇差贤淑，争奈罗敷枉有夫。记得开尊同话旧，怜伊红泪泻千珠。予幸得贤妇，而彼则遇人不淑。每与餐叙共话昔尘，辄累唏不已。

凤来仪后一年更，喜看娇婴锦带绷。记得渠侬情意重，金牌持赠祝长生。予婚后一年，即获一雄，弥月时，伊人以金锁片一事见贻，即悬之儿项，以迄其长，今犹什袭珍藏于箧衍中焉。

金尊银烛敞琼筵，共醉香醪祝大年。记得唇樱初试后，长教甜蜜到心田。某夕同餐于北四川路之粤南酒楼，肴核既美，兴会亦佳。尔时尊边情景，迄今犹耿耿不能忘也。

息妫元是无言惯，一见萧郎笑语倾。记得酒边闻雅谑，桃花登颊可怜生。平居寡言笑，而把晤时欲逗予笑乐，每多雅谑，时则颊晕桃花，姿致弥艳。

青莲心性自莲姿，落落孤高想见之。记得倾觞成薄醉，花娇柳姹近人时。伊人殊善饮，量宏于予，薄醉时柳姹花娇，弥觉其婉娈近人也。

无端歌哭郁千辛，讳疾忌医自损神。记得玉人和泪劝，为侬珍重百年身。予以历年抑塞于怀，致罹肝胃之疾，顾听其自然，不欲就医。伊人一再苦劝，至于泪零。其某一函中有云："你应该想你是爱我的，你有病，我很不安。你要安慰我，第一先要医好你的病，那才是真的爱我呢。"情见乎词，读之感涕！

多情端的是愁媒，权把清娱遣闷来。记得春江花月夜，歌台舞榭许追陪。伊人感于家居苦闷，则时出游散，藉以自遣。以夙嗜声歌故，恒诣剧院观剧，先期必函约偕往。予复挈以赴礼查舞厅或音乐会等观光，藉资调剂。

陆离光怪银屏影，万象包罗幻象呈。记得双携同赏叹，欢情都向暗中生。于电影有同好，凡海上影院，无远弗届，当年北四川路之爱普庐、奥迪安及上海大戏院，尤为常川莅止之所。惟渠不喜欢悲剧，谓本身已为悲剧中人，又何堪更为剧中人陪泪哉！

人言可畏要提防，止谤还须赖阿娘。记得鸳肩相并处，苍颜华发是萱堂。伊人素巽怯，慴于人言之可畏，故每与予共游宴，辄嬲其慈母偕来，而予亦深感老人之慈祥，能为吾二人地也。

莲依薏汝缠绵甚，宛转相通一寸心。记得春宵贻信物，玲珑约指铸坚金。

玲珑约指坚金铸，蛮语深镌表挚情。记得年年长在手，未须钿盒证鸳盟。缔交多年，各以心腑相见，而渠于缄札或言词之间，未尝齿及一“爱”字，盖恐予深陷情罟，益将不能自拔耳。讵一夕忽以一金约指见贻，指面作小长方形，珐兰地，上镌英吉利字“Love”，则赫然“爱”也。予喜心翻倒，再拜而受，亟御之于左手第四指上，珍同球璧焉。

市楼夜饮沈沈醉，襟上斑斑满酒痕。记得花灯明似雪，劳伊扶去叩朱门。时方同饮于市楼，狂喜之馀，尽无算爵，不觉沾醉，渠因偕予过其母氏，许小憩焉。

神仙未必多顽福，修到鸳鸯胜似仙。记得明珰才卸却，诸天尽是有情天。此记梦也。人非木石，孰能无情？不必有此事，却不可无此梦！

胆娘生小偏无胆，爱惜清名亦谅渠。记得花间申约法，人前第一要生疏。渠爱惜清名，巽怯逾恒，每驾言出游，辄兢兢焉以遘及戚友为惧。如同乘公共车辆时，恒佯作不相识者，终程不敢通一语也。

钿车焕彩紫兰身，过市招摇碾麹尘。记得良辰曾共载，低眸掩袖总防人。当予佐同学高勇醒兄创立大光明电影院时，尝置飞霞牌摩托车一，通体髹作紫罗兰色。每与渠共载时，渠必低眸亸黛，或以素帕障其半面，防为亲故所见也。噫，亦可怜已！

江城六月苦炎蒸，解愠招凉恨未能。记得卿心如我热，相将赌饮玉壶冰。入夏海上暑甚，如就炙于洪炉。渠畏热嗜冷饮，以冰结凝为恩物，一饮能尽五六盏，予尝与赌饮，不能胜也。

绿荫如幄绿连天，绿染衣襟绿上肩。记得芳园同逭暑，轻绡掩映绿荷边。

柳丝低亸拂银塘，翠盖亭亭八尺长。记得凉飔来眷夕，朱唇微度紫兰香。

星稀月暗霏轻雾，鸟睡花眠蝉噪微。记得荷亭同促坐，流萤烨烨上罗衣。以上三绝，记某岁夏夜，逭暑于顾家宅公园事也。今则绿荷犹是，人事已非，回首前尘，能毋怅惘！

吴中小筑一椽安，肇锡嘉名是紫兰。记得芳辰常抱憾，万花如海不同看。民二十年秋，买宅于苏州王长河头，榜其门曰“紫兰小筑”。值春秋佳日，万花如海，辄折柬招与共赏，而渠以顾忌孔多，终不肯来，滋以为憾！

青阳港上水沦涟，景物依稀是昔年。记得并肩人似玉，衔杯共醉菊花天。某岁秋仲，予以家园所植盆菊，参加青阳港铁路饭店之菊花展览会，因飞函速之来，相与持螯以赏，逸兴遄飞。

双双健步如麋鹿，争上青峰力不衰。记得春纤曾勒石，情天留得记功碑。昆山距青阳港迩，因又偕游马鞍山，各夸腰脚，争登其巅。渠出寸铅，戏署其名于一山石之上，盖仍为西名之缩书“V.T.”二字，固不畏人知也。

昆山鸭面名天下，下箸同夸快朵颐。记得嘤嘤闻妙语，相思情味倘如伊。昆山鸭面，脍炙人口久矣，下马鞍山后，即就一肆共啖之，入口津津，诚不啻相思情味也。

梦中人是意中人，形影相随总可亲。记得痴情曾比拟，卿为宝辇我为轮。平昔以睽隔时多，把晤时少，辄呼负负！渠曰：“然则将奈何？”予曰：“卿为车，我为轮，昕夕相依，庶乎其可矣。”

相思无限凭谁诉，托付飞鸿诉与郎。记得青箱瑶札满，心灵夜夜吐芳香。历年寄予之书，积数百通，予薰以兰麝，裹以罗帕，贮以锦盒，虽在干戈扰攘之中，一无所失，每一检读，仿佛有心灵之香，披拂其间也。

秦淮河畔走征骖，聊以慰情影一龛。记得销魂难话别，桃花细雨湿江南。某岁春，渠以不欲更与夫己氏共晨夕，因毅然就事于白门。临行以近影一帧寄苏，藉代话别。

春来好梦苦无凭，枯寂浑如入定僧。记得同心人去后，莺歌蝶舞尽生憎。渠去白门后，予每星期由苏莅沪，遂不复能与把晤，怅悒之情，莫能去诸怀也。

清秋相约作清游，雁足传来一诺投。记得普天同庆夜，散花天女下苏州。民二十五年秋，去书邀以游苏，渠一时兴至，欣然报可，竟于双十节之夕翩然抵苏，予迓之于车驿，中心欣慰，乃仿佛见散花天女，自天而降焉。

三层绮阁隔花畤，双影婆娑话旧时。记得吴天凉月下，银灯相对诉相思。“三层绮阁隔花畤”者，谓苏州之花园饭店也，即于此中共进晚餐，尊边话旧，为之悲喜交集！

秋风荐爽菊花鲜，隽侣翩跹小比肩。记得冠云峰下立，盟心矢与石争坚。同游留园，观冠云峰奇石，窃愿两心交缩，亦如此石之坚不可移也。

青山绿水桥边路，油壁香车载窈娘。记得虎丘曾蜡屐，同临芳冢吊鸳鸯。以马车诣虎丘，蜡屐而登，过憨憨泉，有古鸳鸯圹，此为明代倪士义与其妻杨烈妇合葬之所，相与小立其前，不期发思古之幽情焉。

缃梅灿发如堆锦，共泛梁溪一叶舟。记得溶溶明月夜，满身花影话绸缪。翌年春初，复相约作梁溪之游。止于梅园，时则梅已烂开，流连香雪丛中，心目为之俱豁。

鼋头渚畔小勾留，万顷烟波绿上楼。记得临流曾密誓，五湖一舸更无求。鼋头渚畔，小作勾留，观太湖中烟波万顷，心向往之。因誓之于神，脱能如鸱夷子皮之一舸五湖者，则平生之愿已了，不复有他求矣。

断肠时节正清明，痛抱西河感不禁。记得温言来慰藉，拈花一笑悟三生。民二十六年三月十七日，次子榕在家园中堕池死，予骤抱西河之痛，悲不自胜。渠闻之，立以快函来唁，娓娓作达观语，温慰备至。

眉痕颊影依稀记，别久还防认未真。记得春残花落后，挑灯常伴画中人。别久不能无念，尤以入夜为甚，则每于灯下出其旧影置之案头，聊慰相思之苦。

黄梅天气黄梅雨，寂寞情怀寂寞春。记得蓬山千里隔，断肠诗寄断肠人。黄梅天气，最难为怀，则抉取新愁旧恨，一一写入诗简，远寄白门焉。

输伊肝胆轮囷似，石破天惊也不惊。记得秦淮烽火急，蛾眉剑气自纵横。丁丑秋仲，事变猝发，秦淮河畔，风鹤频惊，妇孺纷纷奔避，而渠不欲离其职守，自谓将死守至于最后一刻。予虽飞函促其返沪，不顾也。

青鸾信杳客魂惊，望断云天百虑盈。记得红妆刚入梦，那堪五夜一鸡鸣。事既急，吴中亦不可居，予举家走避于浙之南浔，更投以一函，以来浔为请，数日后得复，则坚持如故，予虽皇急万状，亦无如之何。后此音问遂绝，徒萦梦想，翘首云天，为之回肠九转矣。

心头长嵌影亭亭，梦役魂牵到八溟。记得明眸难款接，中宵空自看疏星。

四愁赋罢一沈吟，终怨春鸿阏好音。记得夭桃才吐艳，惊看绿叶又成荫。已而南浔亦不能宁处，遂买舟赴杭，辗转至皖黟之南屏村，居三月馀，而沪渎已平定，因举家之沪，汔可小休。顾伊人杳无消息，不知所之，中心之愁虑可知矣！

绝怜闺里婵娟子，却作投荒万里行。记得贻书和泪墨，情缘未了待来生。

单飞孤雁影随形，飘泊还如水上萍。记得离人哀怨语，自怜彩凤忒竛竮。抵沪后，亟走访其母夫人，一探伊人消息。始知其由白门而汉皋，由汉皋而西行入蜀，寻即谋得职业。茕茕弱质，万里投荒，其勇往直前之概，迥非驽骀如予者所能企及，可佩也。已而予即于治事处得其来翰，缕述其历劫远行之经过，末谓蓬泊飘萍，归来不知何日，今生未了之缘，惟有期之来世云云，语多哀怨，令人不忍卒读。

伊人秋水不胜悲，夜夜何堪听子规。记得宵深飞梦去，独携清泪上峨嵋。

经年阔别鬓毛斑，两地相思梦不闲。记得双心常往返，迢遥万里百重山。予虽未尝入蜀，而峨嵋之胜，向往已久。兹既有刻骨倾心之人，羁旅其下，于是夜有所梦，辄悠然作峨嵋之游，盖平日之结想深矣。阔别以来，忽忽一年，两地相思，曷其有极！吾二人之心，仆仆于千山万水间，亦复往返为劳焉。

平安两字胜琳琅，玉影遥颁作靓妆。记得花容还似旧，偏将肥瘦问萧郎。每有书来，辄以平安两字相慰，间数月，则媵以近影一帧，粲粲作靓妆，丰姿无减畴昔，而书中则每以肥瘦为问。

销魂旧地有啼乌，依旧帘栊映碧梧。记得旧时明月好，夜深曾照合欢襦。此纪梦之作，梦中情境，极回肠荡气之致。

平时言笑听分明，玉振金声一样清。记得频年离索苦，恼他花外有啼莺。

三年未识绮罗春，刻骨相思老此身。记得怀中红豆子，温馨曾伴玉楼人。离索中之光阴，亦复如白驹过隙，一弹指顷，忽忽三年矣，声音笑貌，萦系心头不能去，所用以慰情者，相思红豆子而已。

秋风江上感飘萍，万里书来一展馨。记得兰桡归不远，安排鸾驾迓天人。渠方远游未归，而忽遭失怙之痛，一日以书来，谓将奔丧来沪，心窃引以为慰，盖别来三载，重晤有日矣。

生离死别重重劫，泪雨绵绵不肯晴。记得罗纨齐换却，麻衣如雪亦倾城。渠自万里外匆匆遄归，已不及见老父一面，抚棺号咷，一恸几绝。虽麻衣如雪，脂粉不施，仍不能掩其琼花璧月之姿也。

千红万紫簇华堂，小试居然压众芳。记得渠侬来眷顾，花容人面共辉光。是年秋，予以所植盆栽盆景参加中西莳花会，幸获总锦标英国彼得葛莱爵士大银杯，渠闻讯大喜，侍其慈母同来观赏，相羊众香国里，浑不辨花容人面也。

割慈忍爱投荒去，影只形单倍苦辛。记得临歧频嘱托，愿君为我慰萱亲。渠之归也，向治事之所请假三月，兹已逾期，亟欲前去销假，予与乃母百计留之不可得，盖渠有难言之恫，翻以远行为得计也。骊歌将唱，不能不黯然魂销，顾亦别无他语，但以老母殷殷相托而已。

街车辘辘如龙走，分手匆匆语未终。记得莺声犹宛转，回头一瞥失惊鸿。启行之前一日，相与餐叙话别，并观电影于大光明，既出，同乘公共汽车过南京路，须臾已抵河南路口，遂与分袂，互道珍重，相顾泫然。予惘惘下车，木立道周，目送车影至于不见，而惊鸿之影，亦随与俱杳矣。

相思滋味各深谙，跌宕情场共苦甘。记得分携春亦老，落花飞絮满江南。

杜兰香去百花残，人隔云山入梦难。记得别来眠食减，连宵偷检故笺看。

愁春兀自未能醒，神思悠悠入窈冥。记得年来悲折柳，吴霜点鬓已星星。别后重逢，欣得数月之聚，终复作劳燕之分飞。自冬徂春，倏又春老花落，怨别伤离，眠食俱减，第出其旧时缄札，回环雒诵，用以慰情而已。自维年来饱尝别离滋味，愁肠百结，不觉两鬓都斑矣。

眼波颊影耐人思，绝肖渠依妙龄时。记得廿年才一瞬，喜看玉树发新枝。

阶前兰玉骎骎长，谋结三生未了因。记得年时承惬允，两家春作一家春。

欲令儿女结鸾凰，其奈人谋苦未臧。记得春朝逢小玉，比肩已自有萧郎。渠有爱女，姿致清扬，与其妙龄时绝肖，予尝乞以俪吾子，藉为姻娅，渠亦欣诺无异辞。顾以多所顾忌，一再因循，迄未成为事实。一日，予逅乃女于街头，则已有吉士与之偕行，向平之愿，又成画饼，徒呼负负而已！

浮沈情海总艰辛，揽镜同怜白发新。记得当年相见始，朱颜绿鬓各青春。

华年似水匆匆去，捣麝拗莲感昔尘。记得幽闺肠断语，留将何用是青春。华年似水，一瞥而逝，曾几何时，而垂垂老矣。渠虽善自保养，顾以忧伤过度，亦自觉容华之非昔，其某一函中尝云："几年以来，我自己也觉得憔悴得很快，但我又要留住这青春何用呢？我是牺牲定了，还有甚么希望啊！我正在指望时光一年年的快些儿过去，不要再迟迟延延的，教人更觉难堪了。"伤心人语，读之肠回。

江涛澒洞江声壮，万里夔门客路赊。记得秋来因惜别，更无情绪看秋花。

灯红酒绿销金窟，姹女三千作态工。记得伊人行役苦，此心争忍恋芳丛。渠以只身远行，间关万里，劳顿可想。予于惜别之馀，复惴惴焉忧其途中之或遇意外，于是闲情逸致，索然俱尽，游宴娱乐，更无论矣。

迢遥两地千山阻，雁杳鱼沈万虑煎。记得梦中曾化鹤，天风吹送到伊边。以道远故，音问多梗，每为之焦虑不安，即有尺一书来，亦动须二三月之久。苦盼日甚，遂尔多梦，尝梦此身化为玄鹤，奋飞而去，瞬息间已与晤对，为之欢呼而醒。

游仙枕上梦重温，往事萦回有泪痕。记得扪心常自讼，粉身难报玉人恩。自问平生德薄能鲜，无长足录，而三十二年来受恩深重，有非楮墨所能言宣者，虽碎骨粉身，亦不足以报万一也。

红颜知己世难寻，送抱推襟结契深。记得频年相顾复，情真端不重黄金。双方之相契，端在情感，未尝以物质为念，虽为名分所限，此生已定，而休戚相关，忧乐与共，实有过乎骨肉。人生得一知己，可以无憾，矧为红颜知己乎？

王生只合为情死，痛哭瑯琊未算痴。记得平生为涕泪，箧中尽是断肠辞。综三十二年来所作抒情之说部、散文及诗词等，十之七八均为彼一人而作，雕肝镂心，不以为苦。徒以恬管难张，哀弦不辍，偶检箧衍中旧稿读之，殆一一皆断肠文字也。

愁苗爱叶同根茁，填海补天布惠深。记得灵娲能炼石，我来蜕化作冤禽。

卅年梦影堪追忆，抽尽春蚕未尽丝。记得千愁兼万恨，泪花和墨织成诗。三十二年梦影历历，已留其迹象于此一百首《记得词》中，春蚕未尽之丝，亦几乙乙抽尽矣。嗟夫！情天莫补，恨海难填，人间或有痴如我者，当亦抱憾于无穷。敢以一瓣心香，乞女娲氏炼石以补情天，我则愿化身为千万精卫，衔石以填恨海耳。

（《紫罗兰》1944年第13—17期）

新年哭母

弱骨支床力已殚，殷殷犹自劝加餐。而今眠食都无定，要把重泉阿母瞒。

（《诗声泪影度新年》，《海报》1945年1月5日）

水仙供于先慈灵前

记得抗日战争期间，先慈在沪去世，时在农历十一月中。“五七”时，我买了三株崇明水仙，养在一只宣德紫瓷的椭圆盆里，伴以英石，颇饶画意。因先慈生前很爱水仙，而那时花也恰好开了，我就把它供在灵几之上，记以诗。

踽蹐淞滨忽七年，俗尘万斛滓心田。出山泉水终嫌浊，那有清泉养水仙。

翠带玉盘盛古盎，凌波仙子自娟妍。移将阿母灵前供，要把清芬送九泉。

1945年2月

（《拈花集·得水能仙天与奇》，上海文化出版社1983年6月初版）

庆清平·包天笑先生七十大庆

惯使千人辟易。铸鼎燃犀董狐笔。虞初三百尽珠玑，恰如秋星熠熠。先生斋名秋星阁。　　夕阳依旧红酣。休惊白发鬖鬖。报道先生寿也，杏花春雨江南。

1945年3月

（《姑苏书简·秋水伊人之思》，新华出版社1995年5月初版）

春初花事

迎得春来春似锦，嘉名肇锡是迎春。花开惯作黄金色，莫道存心媚世人。迎春。

隔岁幽兰葆宿根，清芬晻薆似春温。美人香草离骚句，中有灵均万古魂。兰花。

（《春初花事》，《海报》1945年3月8日）

游仙词

潇湘神

明月阴。眠紫岑。娇云叆叇作罗衾。仙梦蘧蘧难自醒，芳朝啼杀九色禽。

明月斜

紫兰宫，梦中见。香雾霏微月色朦，偷窥玉女似花面。

紫兰宫，接天路。王子登来御玉骢，银河把臂话心素。

紫兰宫，白云绕。容妆安眠玉阙中，仙骸不受俗尘扰。

忆王孙

琳宫绛阙白云连。青鹤相驮上九天。王母仙桃开日边。自清妍。更向瑶池看玉莲。

琼笙翠管响诸天。凤髓龙肝玉鼎煎。仙侣招邀摆玳筵。舞蹁跹。扶上瑶台作醉眠。

邯郸梦里今游仙。回首人间路八千。箫史飞琼留客坚。

意缠绵。权住璇穹一万年。

临江仙

局促人间无住处，跨鸾直上丹霄。琼台负手听金璈。祥麟威凤，相对带雪翘。　　闲种琪花和瑞草，疗饥自有灵桃。姮娥同醉月中醪。银河倒泻，为我涤仙瓢。

浪迹仙寰无个事，忽来西海书邮。龙王邀我作清游。金鳌背上，一霎到瀛州。　　小住晶宫差自适，钓鲸翡翠为钩。珊瑚床上梦庄周。神蛟入奏，晓起看蜃楼。

（《游仙之梦》，《海报》1945年3月17日）

悼桥本关雪

郁抱难伸信可哀，拚将一死醉千杯。行空天马追风去，曾见先生泼墨来。

劳劳歌哭谁能会，天问无灵孰有灵。愿乞中山千日酒，从君长醉不长醒。

（《忆桥本关雪》，《海报》1945年3月19日）

挽何海鸣

末路谁怜阮步兵，芙蓉城里遣浮生。忍听虢虢秦淮水，犹作金戈铁马声。

肉生髀里故将军，一雁孤飞惧失群。老去逃禅心已死，空挥热泪对斜曛。

半生壮志付烟云，剩有遗文散苾芬。他日石头城下过，更从何处吊将军。

（《忆何海鸣》，《海报》1945年3月25日）

乙酉咏梅

今春得小梅五本，虽非枯干，而姿致殊不恶，因加以剪裁，植之盆盎，杂陈梅屋几案间，足餍馋眼，惟以春寒故，迄犹含蕊未放也。

装点孤山处士家，盆梅三两各清嘉。谁知冰蕊枝头缀，犹怯春寒未吐花。

冰肌玉骨绝无瑕，双鹤翩跹舞态斜。我守丛残痴似蠹，羡他有福守梅花。

灼灼朱梅灿若霞，丽情还比牡丹奢。定盦句。欲从绚烂归平淡，独爱孤高萼绿华。

英山片石自崚嶒，老干虬枝亦可矜。愿缩此身盆里住，梅花树下作高僧。

1945年春

（《梅花诗》，《海报》1945年3月5日）

垂丝海棠

闻说赠花如赠妾，殷勤割爱感黄翁。不须窥艳墙东去，笑拥红棠共玉栊。

海棠未受梅花聘，来伴老夫也不妨。今夜娇葩春睡稳，休将银烛照红妆。

无香亦有撩人处，袅袅情丝别样柔。锦帐春酣妃子困，三郎沈醉在琼楼。

1945年春

（《垂丝海棠》，《海报》1945年4月8日）

江南好

归也未，朝暮寸心酸。五夜烧残红泪烛，千回倚遍碧阑干。天际雁声寒。

归也未，回首忆当初。画栋厌听新燕语，青箱频检旧鱼书。望紫镂金车。

归也未，无赖是春光。转恻通宵沈好梦，低徊竟日结愁肠。那得到柔乡。

归也未，心愿未全灰。好倩曲溪流散去，伫看新雁带书来。报道玉人回。

（《江南好》，《海报》1945年5月7日、8日）

春去也

春去也，好景苦难留。东海汹汹风浪恶，石城黯黯夕阳愁。泪眼望神州。

春去也，花落满芳洲。庾信江南哀未已，屈原泽畔泪难收。故国忽惊秋。

（《江南好》，《海报》1945年5月7日、8日）

十六字令

星。锦散云天照八溟。银河畔，绮语许谁听。

莺。恰恰娇啼胜弄筝。红窗睡，听似玉人声。

河。最是撩情一寸波。溶溶水，眼里溺人多。

樱。颗颗殷红似玉莹。留枝上，缅想口脂馨。

（《十六字令》，《海报》1945年5月28日）

春去也

春去也，惆怅忆当年。玉泣珠啼分袂日，红愁绿惨断肠天。人上木兰船。

春去也，临别不胜情。澹月疏星寥寂夜，落花飞絮短长亭。何处问归程。

春去也，旧梦总难温。东鲽西鹣空有约，沈鱼落雁了无痕。携泪望夔门。

春去也，鹃语隔花听。检点愁肠多折叠，料量绮梦太零星。斜月上银屏。

（《春去也》，《海报》1945年6月2日）

无题

不羡鸳鸳不羡仙，薄情花月薄情天。可怜时节可怜夜，各自关门各自眠。

（《社会日报》1945年6月4日）

一生低首紫罗兰

承畏友秦子伯未赠诗，有“一生低首紫罗兰”句，心窃喜之，爰采其句，自赋三绝，以见吾志。

幽葩叶底常遮掩，不逞芳姿俗眼看。我爱此花最孤洁，一生低首紫罗兰。

开残篱菊秋将老，独殿群芳密密攒。我爱此花能耐冷，一生低首紫罗兰。

艳阳三月齐舒蕊，吐馥含芬却胜檀。我爱此花香静远，一生低首紫罗兰。

（《社会日报》1945年8月9日）

改专电为诗

红叶秋山如带笑，湘江碧水泻淙淙。长沙城外胡笳寂，古寺飞来一杵钟。

（《诗意之专电》，《立报》1945年10月4日）

题梅兰芳画扇

梅郎歌舞惊天下，馀事丹青亦可人。画得梅花兼画骨，独标劲节傲群伦。

1945年秋

（《梅兰芳的画》，《立报》1947年2月17日）

寿陶冷月五十

甲申君五十，与我恰同年。幽抱如怀月，清言似涌泉。艺精能易米，交好不论钱。珍重丹青笔，高名百世传。

1945年11月

（手迹）

香雪园茗坐有作

栖身海澨为骚客，回首苏台感昔尘。洒遍长沙幽国泪，一瓯初试碧螺春。

床头金尽难沽酒，独对黄花吃苦茶。切盼澄清归故里，好同父老话桑麻。

（《立报》，1945年11月25日）

摅怀吟，集龚定盦句

八年来异族侵陵，备受楚毒，跼地蹐天，虽生犹死，独居深念，辄复有“人寿几何，河清难俟”之叹！兹幸金瓯未缺，重庆河清，颇思力自振奋，有所建树。顾孤僻性成，终觉不合时宜，争名争利，窃病未能，而胁肩谄笑，又苦弗习，不得不抽身人海，退藏于密。三十年文字生涯，甚矣甚惫！容徐图结束。今后岁月，行消磨于明月清风、千花百草之间，吾生有涯，即以此终老可矣。归隐有日，感慨百端，用集龚定公句，得《摅怀吟》十四首，《遂初吟》十四首，以示友好。

周郎心与笔氤氲，灵鹫高华夜吐云。洗尽狂名消尽想，商量出处到红裙。

想见停云发浩歌，青山青史两蹉跎。迢迢望气中原夜，独倚东南涕泪多。

空王来证鬓丝斑，万马齐喑究可哀。不是九州同急难，一秋十日九湖山。

中年百事畏重论，选色谈空习性存。银蜡心多才有泪，天花容易陨灵根。

东南幽恨满词笺，悔著新书近十年。又被北山猿鹤笑，白头无分棹归舷。

家园黄熟半林柑，遗爱真同召伯甘。误我归期知几许，一天幽怨欲谁谙。

春梦撩天笔一枝，起书花叶畏人知。十年松竹谁留守，鸾鹤相逢会有时。

声闻闭眼三千劫，阅历天花悟后身。冰雪无痕灵气杳，只容心里贮秾春。

剩水残山意度深，英雄迟暮感黄金。只今旷劫重生后，银烛秋堂独听心。

白云往事使人愁，金粉东南十五州。何日冥鸿踪迹遂，春灯如雪浸兰舟。

一枝艳艳文窗外，似笑山人不到家。夜久罗帱梅弄影，恍如庾岭对横斜。

笃信男儿识字难，情多处处有悲欢。可怜秋雨文园客，身世无如屠钓宽。

中年何故避声名，东海潮来月怒明。今日不挥闲涕泪，万缘简尽罢心兵。

虎豹沈沈卧九阍，鱼龙光怪百千吞。忽然搁笔无言说，来叩空山夜雨门。

编者按：周君诗稿，应先登《摅怀吟》，再登《遂初吟》，因一时匆忙，将《遂初吟》数首先发刊昨报，至次序颠倒，甚为抱歉，兹将《摅怀吟》今日发刊，明日补登《遂初吟》下半篇，尚希阅者注意。

（《立报》1946年2月11日）

遂初吟，集龚定盦句

暮气颓唐不自知，一灯悬命续如丝。今年烧梦先烧笔，倦矣应怜缩手时。

高吟肺腑走风雷，独往人间竟独还。撑住南东金粉气，无双毕竟是家山。

名场阅历莽无涯，一代人材有岁差。花月湖山娇冶甚，自缄红泪请回车。

云烟万态马蹄湮，冉冉修名独伤神。师友凋徂心力倦，五湖添个泛舟人。

少小无端爱令名，九流触手绪纵横。百年心事归平澹，至竟虫鱼了一生。

一灯红接混茫前，东海潮来月上弦。花有家乡侬替管，莫因心病损华年。

次第寒花掐到今，隔帘谁报雨沈沈。劳人只有空王谅，流水池塘一观心。

（《立报》1946年2月10日）

阅历名场万态更，非将此骨媚公卿。萧萧黄叶空村畔，来听西斋夜雨声。

惨绿年华记忆真，空山徙倚倦游身。矮茶密致高松独，各有洞天石屋春。

不要公卿寄奉钱，此身已作在山泉。人生合种闲花草，明镜明朝定少年。

断无只梦堕天涯，忽向东山感岁华。我替梅花深颂祷，丽情还比牡丹奢。

此去东山又北山，料无富贵逼人来。黄梅淡冶山矾靓，记取先生亲手栽。

三里春风韦曲岸，野东修竹欲连天。一丘一壑我前导，料理看山五十年。

斜阳只乞照书城，玉想琼思过一生。从此周郎闭门卧，梅花四壁梦魂清。

（《立报》1946年2月12日）

日者室人凤君病甚，焦忧万状，老友剑侯损书索稿，赋此答之

八载缠绵家国恨，形销骨立肺肝摧。怜伊体似金猊热，不用荀郎熨帖来。

不是江郎才也尽，竭来腹笥已空虚。卅年西抹东涂惯，要乞馀生补读书。

按：此稿甫缮就，而吾妇已气绝矣。兹仍寄奉，藉留纪念。（廿四日鹃抆泪附笔）

（《立报》1946年4月27日）

罗敷媚·女孙明莹之殇

端阳堕地初相觏，灼灼榴花。朵朵夭斜。鲜艳还输脸上霞。　探看两□逾□月，玉雪堪夸。娇小无邪。笑靥双开媚阿爹。

明莹两字亲题就，肇锡嘉名。明洁晶莹。喜看珍珠掌上擎。　可怜濒死犹留恋，小眼微瞪。泪似珠明。一滴中含万种情。

人间游戏刚三月，来似飘风。去似冥鸿。一现昙花怨碧翁。　生前阿㚷何曾见，莫辨音容。扶掖无从，泉下相逢陌路同。

亲朋宠锡多珍物，金饰盈囊。锦绣盈箱。谁料娇葩命不长。　孤魂独往终怜汝，泉路茫茫。栖止何方。还望重来慰阿娘。

花残月缺人难寿，天忌团圞。了没心肝。忍看明珠落九渊。　　临风欲哭无馀泪，故作痴顽。强笑为欢。一例彭殇付达观。

（《凤箨痛语》，《立报》1946年8月29日）

浣溪沙·哀苏北

劫后馀生欲断肠。忍看三径已全荒。花开花谢为谁忙。归燕难寻前度垒，空梁危暮胜斜阳。更无心绪话兴亡。

1946年秋

（《周瘦鹃研究资料》，王智毅编，天津人民出版社1993年3月初版）

复包天笑前辈

莽荡中原日已沉，风饕雨虐苦相侵。羡公蓬岛留高躅，老我荒江思素心。排闷无如栽竹好，恋家未许入山深。何时重订看花约，置酒花前共细斟。

1946年

（《花前琐记·梦》，北京通俗文艺出版社1955年6月初版）

三十年歌离吊梦集

不慧少日困于情罟，牵惹孔多，吊梦歌离，心力俱罢，盖忽忽三十年矣。索居无俚，往事撄心，爰缀集昔贤佳句，成无题若干首。个中所蕴蓄者，初不止一人一事，一时一地，而回环雒诵，不啻若自其口出，因谥之曰“三十年歌离吊梦集”，以示世之好事者。

一

闲情空望佩珠投，万枕梨云梦忽流。三五年时三五月，一分春是一分愁。

腰围频减瘦维摩，中酒春宵怯薄罗。花月即今犹似梦，一身但觉负恩多。

银筝红烛三更话，门外骊歌不可听。襆被依依两愁绝，共搴珠箔数春星。

云阶月地依然在，一角屏山便不逢。似此星辰非昨夜，极销魂事五更钟。

当日祖筵如梦里，尊前锦瑟记流年。天涯飞絮归何处，百转千回只自怜。

打窗冻雨翦灯风，寂寂诸天夜气中。别后相思空一水，泪珠红入半江枫。

薄罗几日卷凉飔，惜别匆匆悔见迟。今夜追君惟有梦，一星如月看多时。

落日高城隐暮笳，忽闻孤雁竟思家。江南草长莺飞日，泪湿吴王苑里花。

独倚凉天写四愁，夕阳帽影两悠悠。夜灯分作江南梦，漠漠风情似水柔。

奋飞常恨身无翼，两地同为断梗飘。检点相思灰一寸，为谁风露立中宵。

可能重对旧梨涡，中夜悲心入寤歌。待觅垆头千日酒，美人天末奈愁何。

茫茫来日愁如海，一夕清霜似鬓丝。同记尊前萧瑟意，此生无分了相思。

以上十二首集黄仲则句。

二

算是重来应隔岁，吟残春恨杳难分。发香入梦无寻处，肠断金泥蛱蝶裙。

略记年事春畹晚，碧桃花底话相思。含情欲说他生事，月落星横赪颊时。

旧时杨柳芳菲尽，秋草中间蛱蝶肥。日暮嫣香两无语，鸟啼花落湿人衣。

归梦自随流水去，暮鸦啼杀绿杨丝。云英已嫁方干老，肠断吴侬本事诗。

真个垂杨有暮鸦，红笺小叠寄天涯。不知蛱蝶飞何处，春色明年又几家。

黄梅时节又逢君，细漏丁冬入梦云。惟有别离难忘记，梦回犹记郁金裙。

水精帘下梳头影，玉女初开半面妆。绝忆湘人词赋里，前身必是杜兰香。

今夕连樯江上泊，水香云影梦迢迢。问渠宝帐重重雾，湿过桃花第几桥。

十年前向画中过，酒尽移船奈若何。放下花枝无一语，通词犹与托微波。

争将残月唱杨枝，来自无聊去较迟。三十六天春雾里，夜深私语淡妆时。

鬓影衣香隔夜春，珠帘玉箔记来真。再迟一夕匆匆话，未信萧郎是路人。

但觉言愁始欲愁，风来云去月当头。不知秋梦如何做，万水千山百尺楼。

豆蔻梢头事惘然，青春初度有情天。人间此境应愁绝，谁遣鸳鸯化杜鹃。

阿侬家近兰亭子，树绕书楼水到门。既是伤春复伤别，最关情处易销魂。

以上十四首集舒铁云句。

三

每逢花信一相思，云去云来不自知。十里红楼魂梦远，碧天吹断玉参差。

夜来又是潇潇雨，犹有虫声透绿纱。牵断秋心秋不管，更无消息问秋花。

我中春愁如中酒，阶前唤起海棠魂。柔肠断到无寻处，同拨香灰看泪痕。

年来怕到登临地，人在阑干易断肠。已是酒醒眠不得，起笼银烛照鸳鸯。

就里相思谁识得，风风雨雨总缠绵。一灯秋梦关门住，顾影寻声各自怜。

杨枝凄断似平生，界路游丝罥出城。忽忆江南天样远，去留心事不分明。

暮帆飞尽立多时，修竹天寒不自知。昔日歌声今日泪，红墙回首梦参差。

情怀小极暮江头，谁遣幽兰怨未休。留得梦魂深夜住，天涯何物是离愁。

衫痕扇影送流年，和月和风说可怜。翠羽明珰何限恨，重来可是有情天。

坐拨炉灰寸寸红，小楼铃语夜丁东。等闲燕子无消息，独拥残衾唱恼公。

樱桃花底客思家，风竹扫门啼乱鸦。记得那年今日别，抛将红豆满天涯。

不听清声已五年，枉抛心力付金茎。春灯照破江南梦，愁寄高楼望远天。

无人识得文园渴，被酒风前思易昏。要与云仙通一语，绿愔愔处不开门。

花枝还照旧楼台，镜里云鬟迤逦开。依约娇郎痴坐处，曾经小坐一千回。

以上十四首集刘芙初句。

四

女儿香细笼烟暖，罗幔风微烛影斜。相忆时多相见少，年年芳草隔天涯。

细雨昏灯奈尔何，万行红泪子规多。蛾眉一代怜飘泊，草草秾华委逝波。

春愁才著已魂消，愁满江南廿四桥。何事临歧更回首，红墙碧汉路迢迢。

落日空山哭杜鹃，更番花鸟送流年。天涯风雨纵横甚，絮果兰因各自怜。

江鸟江花共唱酬，一春诗梦澹于秋。美人独入离骚传，才拨湘弦便解愁。

幽花小影画潇湘，能抱秋心死亦香。一例红妆都早嫁，百年荣瘁只寻常。

芳草难寻隔世盟，旧游我亦怆平生。扁舟合并红妆去，欢有因缘妾有情。

杨柳阴阴绿渐酣，抛残红豆满江南。花开又是分飞日，忍负芳华月二三。

以上八首集吴兰雪句。

五

流云淰淰水罗罗，肠断吴歈唤奈何。昨夜江风吹梦醒，恐君愁比落花多。

离情只挂江南树，古木寒鸦聚远洲。容易黄昏容易醉，泥人新梦入新秋。

当年萼绿华曾到，想见花枝近绮寮。芳草为人留恨迹。一春弹泪过花朝。

孤月倒翻江水碧，残年容易旅愁增。记从玉女窗中见，尚被湘帘隔一层。

病柳槎枒倒地僵，已将惨绿变新黄。十分清瘦无人问，一样飘零话窈娘。

荒草漫漫愁杀人，尚留花事一逡巡。湘帘月白微波动，偏是灯前记忆真。

幽怀独向孤桐托，忽地妙香空际闻。掬水江心弄明月，烟波淼淼最思君。

以上七首集屠琴坞句。

六

惆怅南园芳草歇，芙蓉花发满秋城。分明万里销魂路，风雨相思半死生。

三生一念情缘在，正似销魂握手时。白燕未归春梦远，争教心死不相思。

道来相见喜何如，玉管银筝缓缓歌。料得诗魂痴未醒，一春仍是梦中过。

借他离恨写愁多，半女何缘住隔河。往日芳心元未了，瑯琊情死奈情何。

浪游虚负好年华，门外天涯即水涯。今日痴魂太无赖，东风吹去入谁家。

月地云阶影不孤，青灵提挈上清都。吹箫送酒红灯夜，卷尽珠帘得见无。

尽日和衣醒复眠，华胥迢递隔人天。不堪寂寞追前事，病叶狂花醉自怜。

别后故人惟汝在，不教明月照垂杨。相思何似长相见，水绿山青易断肠。

孤窗长夜雨潇潇，月观风亭久寂寥。报道沈郎腰带缓，秋魂一缕为谁消。

才隔一宵如隔世，来时悄悄去匆匆。那知玉女招天笑，更赚襄王到梦中。

沧桑三变无人信，碧奈花前绀雪飞。今夜梦中归较迟，仙风吹堕六铢衣。

万事濛濛过眼尘，零星金翠了前因。留将薄醉成佳梦，碧海青天思杀人。

以上十二首集乐莲裳句。

七

愁杀新愁接旧愁，满天风雨下苏州。感甄心事谁人识，梦逐春潮一夜流。

桃花扇底数春星，花梦沈沈紫雾冥。欲说生平无限事，断魂莺语夜深听。

草草心情看过春，秋风诀别太酸辛。此生天与因缘在，犹见云英未嫁身。

寒香零乱月黄昏，月过闲阶不记痕。我是秦楼旧箫史，女儿帘底也销魂。

幺弦弹断楚骚哀，衰柳千丝酒一杯。谁识个侬心事苦，月明孤影尚徘徊。

卖花声过不开门，灭尽嫣红姹紫痕。毕竟忏除情未了，为谁风露立黄昏。

杀花声里咒相思，举笔多愁是旧词。今夜合欢花底月，恰如好事未圆时。

闻情才割又牵情，雪碗冰盘夜话清。修到他生须记得，相怜未必似今生。

自知憔悴是清狂，扫却温柔说醉乡。剩有丹诚心一点，他生修作紫鸳鸯。

仰首看云低首泪，怀人心事困人天。断肠春色销魂语，花落横塘又一年。

以上十首集孙子潇句。

八

沈沈远梦迷千劫，怅望秋河倚玉箫。前夜明月今夜雨，碧城十二总迢迢。

坠粉啼红何限恨，青衫影渍泪痕痕。一春消受闲滋味，无那花时独掩门。

蓬莱清浅三山远，浩荡离愁不可收。瑶扎银珰哀窈窕，有人肠断望江楼。

闲向沧江一回首，侧身天地更何之。书空尽日相思字，宛转春愁燕子知。

空持罗带成凝滞，荀令馀香日夕熏。我欲乘风凌万里，长天一握有孤云。

啼鴂伤春惨不骄，离鸾别凤怨迢迢。凭谁细话温存味，肠断垂杨上下桥。

明明如月何时掇，怯怯空床日又斜。听得卷帘呼小字，灯前细雨落檐花。

梦闻归雁倍思家，瘦损腰肢病渐加。天上人间穷幻想，闷烧银烛对残花。

中年百感伤哀乐，傥竟飘然蜕此身。故国别来无好梦，天遥海远怅沈沦。

白袷衣单寒恻恻，新愁帘外雨潺潺。飞花沾絮空惆怅，小阁熏炉永夕闲。

有人流涕哀江南，华发飘萧百不堪。搔首向天作何语，上弦新月正初三。

一样飘零伤小劫，工愁善病益相催。无言悄立西窗下，窈窕春星望几回。

似水流年去不回，白云黄竹亦哀哀。一春梦雨无消息，日暮思君苦未来。

为有真情工慨叹，轻寒无赖倚阑干。相看无语空相忆，相见时难别更难。

不信闲愁曾拨遣，伤春伤别意无聊。最怜昨夜斑骓逝，难把珍珠慰寂寥。

低徊宛转极绸缪，海碧天青此倚楼。心比枯桐疑半死，暗怜匝月未梳头。

款款寻春总悔迟，暗将幽怨度芳时。新蟾脉脉关心事，倚遍银屏系所思。

生生翠绿影如潮，犹自衣香染未消。长讶双鱼断消息，红楼雨冷梦迢迢。

以上十八首集丁叔雅句。

九

剩水残山入早秋，夕阳还见几红楼。不须重问妆台影，谁遣蛾眉满镜愁。

画帘疏雨隔微尘，不见簪花并倚人。镜里玉容能送老，风前珍重旧腰身。

相见无端别亦奇，泪抛红豆刻相思。澹云微月人无寐，长记秋波小注时。

一例凄凉灯畔雨，每拈斑管辄思君。朱阑缥缈诸天上，虚望红楼驻碧云。

从此芝兰满室开，东风红紫出新裁。烛光鬓影真如梦，转向银屏看月来。

玉笛声中别恨赊，樱桃花落在天涯。明妆仿佛平生见，常得红颜映鬓华。

落日回首成怅惘，临风无语独徘徊。待看明月生镫幌，长见笼香翠袖来。

送君聊与度花朝，湖海元龙气已销。惆怅此情谁更见，年年弹泪湿红绡。

以上八首集李莼客句。

十

烛影银铺掩小门，碧云天末又黄昏。蛾眉曼睩分明在，直得离人一断魂。

银灯绿酒飐花光，镇日相依翡翠床。第一春宵好风月，夜深珠玉自生香。

浩荡一身何处著，各留心事与江南。天寒日暮潇湘远，梦里朱楼路尚谙。

年年不负寻春约，莫放明朝闲里过。翠袖故为今夕暖，倾城一笑太情多。

忽觉天涯春去尽，屏除酽酒泪阑干。柳荫如梦红灯过，回首银屏顷刻欢。

征尘黯澹起尊前，抵死相催作别筵。惆怅江亭延伫意，吹箫明月事如烟。

客感惺忪千里梦，故人相见似平生。痴情犹指楼前月，月为离筵不肯明。

同归竟负当年约，红烛黄花对楚骚。门巷平生又仿佛，银屏咫尺忍轻抛。

以上八首集李莼客句。

十一

鸿雁久迟君怨否，只将孤愤寄长吟。年年遍地垂杨绿，春水桃花别思深。

天涯几处月如银，惆怅风尘老此身。梦里音书增惝幻，绣床同倚更无人。

艳月幽廊独自行，家家门巷正啼莺。明朝便有天涯恨，梦里江湖一艇横。

绕壁寻诗总为君，尘昏半臂罢兰熏。月波潋滟人何处，咫尺青鸾便断闻。

垂柳似牵人小住，玉颜翠袖劝衔卮。红楼暮雨潇潇里，正是同心绾结时。

梦影依稀落月昏，鬟香低唱泥金尊。倩颜上酒春红重，眉语能添翠被温。

酒后凭阑话夕阳，锦茵仍接隔旬香。难忘玉手搴帘笑，灯影天涯泪数行。

重门寂寂锁春风，绮语香阶浅醉中。最是玉人能惜别，不辞樽酒日相同。

相期梦里话平生，玉女床敷尚有情。寂寂帘栊通绮语，楼头依约堕钗声。

玉钗银烛不知寒，翡翠金屏护绣栊。容易百年逢此夕，梦中能得几回看。

以上十首集李莼客句。

十二

想见停云发浩歌，卷帘梳洗望黄河。勉求玉体长生诀，甘隶妆台伺眼波。

赠与妆台满镜霞，玲珑万玉嫭交加。因缘指点当如是，化作春泥更护花。

天花拂袂著难消，亲荷天人语碧霄。今日帘旌秋缥缈，木樨风外等秋潮。

恐是优昙示现身，我来著手竟成春。一番心上温馨过，不似云屏梦里人。

小别湖山劫外天，莫因心病损华年。秋灯忽吐苍虹气，江上女郎眠未眠。

蘼芜径老春无缝，记得前年隔巷居。消我关山风雪怨，自缄红泪请回车。

江南词话断人肠，罨罣鲛绡镜槛凉。不是瓶笙花影夕，春寒银铫药生香。

五铢衫子出云屏，众女蛾眉自尹邢。斗大明星烂无数，不如放眼入青冥。

以上八首集龚定盦句。

十三

极动当筵炳烛情，词锋落月互纵横。不知半夜归环珮，忽作泠然水瑟声。

为谁出定亦前因，略似骖鸾缥缈身。我替梅花深颂祷，临风递与缟衣人。

歌板无憀舞袖凉，满庭气肃似高霜。药罐卧听浑如沸，小梦温馨乱客肠。

醒又缠绵感岁华，夕阳还恋路旁鸦。逢君只合千场醉，来问南朝油壁车。

花眷天上祈庸福，登岱还浮八月槎。争似芳魂惊觉早，美人经卷葬年华。

绿鬓人嗤愁太早，一钗一佩断知闻。安排写集三千卷，删尽蛾眉惜誓文。

钗满高楼灯满城，蓬窗有客感三生。忽然阁笔无言说，那向如花辨得明。

收拾风花倜荡诗，西山秋老雨如丝。梦中自怯才情减，是剔银灯诅我时。

蟾圆十一度无多，光影犹存急网罗。魔女不知侵戒体，红墙西去即银河。

昙誓天人度有情，风花未免态纵横。我从宅壁低徊听，不似墙东钗钏声。

以上十首集龚定盦句。

十四

春来不学空房怨，玉树坚牢不病身。漠漠郁金香在臂，五湖添个泛舟人。

珍重不从今日始，美人规劝太分明。长吟未免心肝苦，灵鬼灵山独此声。

美人十五气英妙，贻我聪明一片心。我替尊前深惋惜，英雄迟暮感黄金。

划除风雪关山句，生就灯前儿女诗。一寸春心红到死，悬崖撒手别卿时。

美人胸有北山文，灵鹫高峰夜吐云。师友凋徂心力倦，商量出处到红裙。

红豆生苗春水波，明知此浦定重过。一灯古店斋心坐，好梦留仙夜夜多。

昔年诗卷驻精魂，襟尚馀香袖尚温。叱起海红帘底月，看花看影不留痕。

薏苡谗成泪有痕，天花容易陨灵根。百年心事归平澹，来叩空山夜雨门。

以上八首集龚定盦句。

十五

挑灯往往见天明，翠被寒深梦不成。宝剑千金无用处，一春归梦为啼莺。

瞑坐心波不动时，腰围带减瘦谁知。灯前强寄平安字，空有春蚕未尽丝。

水萍风絮两悠悠，灯火初红待雁楼。佳月夜来人境寂，青霜一夕紫兰秋。

翠袖天寒映竹深，别拈湘管递芳音。江湖满地皆罗网，鸿雁流离人苦吟。

花叶飘零不自由，子规声里数更筹。迢迢银汉青天上，泪烛红销雨里愁。

旧梦星星记不全，春花秋月致缠绵。同心结子从卿结，燕寝凝香胜往年。

梦抱娇云懒上楼，寒轻酒浅话苏州。沾衣点点珍珠雨，识得潇潇一段愁。

三年蜀道不知难，检点衣裳慎暖寒。珍重轻躯花样弱，莫因远别损眠餐。

楼外栖乌已定时，千回百转下床迟。相思一寸炉灰热，除却檀郎只自知。

闲房春草闭帘栊，道罢胜常笑靥红。月里阑干风里箪，清言同听五更钟。

情比桃花水色深，一春强半是春阴。冤禽有意填沧海，雨滴烛花夜夜心。

玉环分付无多语，莫遣星邮信息疏。一寸香心千尺水，水中比目愿为鱼。

以上十二首集樊樊山句。

十六

酒尽丁娘惆怅夜，暂收明镜理妆迟。相看不厌红生颊，娇煞春灯煮梦时。

香雾濛濛泪湿衣，西门柳色自依依。碧城十二无消息，明镜深愁玉貌非。

星在银河浅处明，一宵难遣是离情。红墙靠水无多路，青鸟殷勤与致声。

窣地长条软玉搓，莺花满眼得春多。销魂草色销魂水，坐听哀筝可奈何。

江南又是孤帆别，催上兰舟百感生。讳道相思无可讳，一生红泪不曾晴。

坐惜春光成畹晚，今年人似去年无。双交别后教珍重，莫怪萧郎问讯疏。

敛蛾双晕酒边霞，为数春宵乐事赊。秉烛待君君不至，才离绣被即天涯。

欲得郎怜娇不语，窥人颜色解温存。瑶台后夜相逢处，倩女真还隔世魂。

春花秋月极相思，嫩约青笺惜后期。今夕玉山筵上醉，去时只似未来时。

桐飘金井夜如何，一搦宫腰缓带罗。见说离愁辘轳似，分明心上有秋河。

以上十首集樊樊山句。

十七

分抛鸳被无多日，栀子子花开月在东。昨夜画屏清不寐，微波咫尺见惊鸿。

铁鹿长樯偪海陬，归来洒泪看神州。江南花月无颜色，粉堞笳声起暮愁。

断带鸳鸯有旧恩，秋波春黛总销魂。江南花落相逢短，银烛清尊照泪痕。

自隔微波通一语，不辞终夜倚阑干。君心如月来相照，只是当前驻影难。

似水年华不自持，芳辰已过牡丹时。自从一折河桥柳，江上青山寄梦思。

灯长雨久奈情何，坐见东风荡绮罗。红豆生时烦一寄，与奴方便托微波。

姑射神仙冰雪净，风前涉想即销魂。紫兰宫里新承敕，能得香衾几夕温。

锦瑟萋迷托意深，明珰寄远一沈吟。如今天上双星换，空负阑干万里心。

明帘如水盈盈隔，不隔灵犀一点通。无恙金尊无恙月，银屏曲处几相逢。

珠袢露华弓样月，花能含笑鸟能歌。裙裾如织春如梦，只恐宵长梦更多。

以上十首集樊樊山句。

十八

银筝催酒故迟迟，小靥绯红荐玉卮。自是风流天付与，珠帘昨夜看星时。

别日预询重见日，风花歧路各沾襟。岂知一度生疏后，始识他心即我心。

相思红豆是前身，冰簟银床梦不成。惆怅白云在天际，小屏孤烛影相亲。

散花天女下华鬘，新自嫏嬛福地还。枕底鸳鸯纡左顾，肯教绣被一春闲。

吴江枫叶下残秋，小劫还悲江上楼。试泛沧浪亭畔水，愿君身作木兰舟。

不分神州竟陆沈，操舟欲济阻重深。胡笳夜傍愁边起，九死无移报国心。

镜奁秋水照红芙，歌曲楼东字字珠。一诵玉台新咏序，和香终日贮襟裾。

环佩天风细细鸣，夕阳如梦下层城。玉阶秋怨年年有，遥隔银河过一生。

锦衾薄薄恨重重，娇女愁深蹙翠峰。朱鸟窗前灯照泪，徘徊脸际见芙蓉。

特许花神跨素鸾，西楼眠梦水晶寒。一宵清静千金价，蝉鬓低斜映烛看。

翠眉为汝尽含颦，底处河山有好春。独自思量无可说，拈花人已隔重闉。

似闻碧玉说春愁，叠叠诗笺镜屉收。一别美人隔秋水，那容妆阁看梳头。

以上十二首集樊樊山句。

十九

忍向三生石畔过，感时青鬓欲如何。眠迟消尽双红烛，衣上分明烛泪多。

别离消息怅初闻，手擘桃符远忆君。百计可能留艳质，见时虽少梦时勤。

一度登楼望若仙，风裁无恙立灯前。回眸不语拈花笑，会面居然五百年。

情怀无奈隔江钟，见不分明梦亦空。一曲红阑天万里，欲缄清泪寄东风。

孤篷才发已相思，花满房栊总不知。五夜衾裯交烛泪，未嫌清梦逐君迟。

镇日琼筵锦瑟傍，浮生泪眼怯春光。情怀已分难成梦，无尽江流入渺茫。

缘知来日非今日，好向闲中悟此身。说梦故教声悄悄，三层楼上月当心。

云外子规啼缓缓，伤春偏觉影依依。谁怜露白灯红夜，月地花天携手稀。

以上八首集洪稚存句。

二十

月采冥濛隔绛绡，暗扶丝柳过红桥。来犹背面谁会见，意外相逢是昨宵。

吹香帘下频牵梦，不断杨枝绾别情。春半好花秋半月，相逢都尚识前生。

忆别城西尔许时，一春心事诉花枝。天荒地老重相见，半欲销魂半自持。

水黑山昏断去程，几番推枕睡难成。销魂楼上三更雨，数尽疏钟到五更。

怕传消息到尘寰，本事诗成手自删。残月一钩幽梦醒，眼中人隔几重山。

踏残春草思前度，花发帘栊彻夜明。小别最怜饶涕泪，眼波回处定三生。

梦断江城尺五楼，最怜华鬓欲经秋。两三红泪弹天末，巧笑仍含一种愁。

孤眠迟梦梦还赊，月午闲看隔院花。人世五年重惜别，肯容燕子到天涯。

以上八首集洪稚存句。

二十一

红泪涓涓滴未休，玉箫犹隔几重楼。同心绾结不知处，翠被厌厌恨早秋。

不归君意欲如何，客里凄凉醉里过。后夜相逢秋色远，愁人无那月明多。

回首秋风行已断，相思天末意何如。新愁暗数三千刻，不见佳人锦字书。

征衣莫浣泪痕斑，倦旅秋深尚未还。此夕愁人听鼓角，相思知隔几重山。

只愁玉面无人画，梦里分明月堕怀。此意沈吟三岁久，双飞愿作并头鞋。

骊驹长路起秋尘，愁里看看又一春。留取锦纨调锦瑟，他时好作比肩人。

珍重故人今夕会，过江三日几曾醒。花开花落凭谁问，愁说长亭共短亭。

梦魂不踏天涯路，后会相期各渺茫。远忆音尘千里月，虚烦锦字十三行。

孤城哀角动荒烟，宿雾迷濛月一弦。满眼莺花无奈别，断肠杨柳似当年。

凄凉旧事凭谁说，愁对秋云日暮阴。红颊近来憔悴尽，相思孤月梦中寻。

以上十首集朱竹垞句。

二十二

江东门外柳枝多，客思离情不奈何。应是三生缘未了，水晶帘影映横波。

梦残酒渴五更时，那更吟君惆怅诗。欲折一枝寄相忆，飞花如雪飐轻丝。

汝南鸡唤夜迢迢，照壁孤檠不自聊。忆昨伤春三月暮，隔江残笛雨潇潇。

乱蝉声送木兰舟，放眼关河万里游。异域忽惊摇落久，浓春烟景似残秋。

遥忆玉堂清夜梦，只今憔悴晚烟痕。相逢南雁皆愁侣，不见征人入玉门。

闭门高枕梦游仙，触忤闲愁又一年。更问脸波添几许，春闺曾与致缠绵。

惊回一枕乡园梦，风竹萧萧雪拥门。万里不归归有路，喜君书札到黄昏。

以上七首集王渔洋句。

二十三

依然踪迹逐飞蓬，银烛湘帘五夜风。万里沧波归路远，一江风雨昼濛濛。

酒冷香残十载情，三层楼上坐吹笙。红墙银汉途难越，一夕相思白发生。

缥缈凉天数雁鸣，红桥秋柳最多情。江南肠断无人会，惆怅秦淮玉笛声。

秋到吴淞思故乡，澹云微雨似潇湘。江南红豆相思苦，旧恨新愁尔许长。

松桂凄凉满旧山，崇兰风泛共徘徊。销魂桥上重相见，记取凌波微步来。

秋风南雁泪沾衣，沧海横流万事非。记得城南天尺五，当年燕子傍谁飞。

碧虚楼阁草离离，归卧屏山看折枝。断粉残香谁得见，黄昏微雨画帘垂。

以上七首集王渔洋句。

二十四

如今疑梦还非梦，定子当筵别是春。十日雨丝风片里，飘零万里一归人。

泬寥天气渺愁予，故国秋风总废墟。长忆啼猿肠断处，乘潮不寄一封书。

夕阳山映夕阳楼，心逐江云下峡舟。一语寄君君听取，暂时小别不须愁。

寒雨潇潇送暮秋，浴凫飞鹭满汀洲。十年旧约江南梦，剩水残山只益愁。

相逢汗漫欲何之，愁思多于春茧丝。故国魂销吴苑水，桃花红是去年时。

竟夕兰膏映绮疏，罗浮翠羽梦全疏。相思愧乏琼琚报，碧海青天怨有馀。

吟绕长廊取次行，梅花如雪扑帘旌。年来愁与春潮满，一种垂杨万古情。

愁见新年改故年，犀垂帘押夕阳天。花前痛饮情难尽，何处看春不可怜。

以上八首集王渔洋句。

二十五

金环信息全无准，春在溟濛底许寻。却忆重帘初选梦，迢迢银汉两般心。

苦心竟作负心看，脉脉相思怅旧欢。记不分明醒后梦，教人何处觅青鸾。

日日菱花照翠楼，报卿情重玉搔头。凭将眉语通心语，红豆相思入骨愁。

江上芙蓉不受春，还凭词赋说芳因。兰香代寄秋云帕，梦里温柔镜里人。

玉带金环消息断，年年秋月又春风。音尘雁足三千里，十二屏山梦不通。

杜鹃归去春如梦，眼底红墙即绛河。卷起珠帘三十六，不知何处托微波。

六曲朱阑面面遮，妆台从此谢铅华。合欢旧梦云山隔，有泪无名哭落花。

迢迢两地已参商，那识欢期总不长。冷月窥帘珠错落，最难排遣别时肠。

沈水香炉火尚温，桃花零落易黄昏。玉钗敲断春愁重，燕子惺忪记泪痕。

枕边比翼传心誓，絮影缠绵倍有情。今日雪泥何处认，翠衾秋梦未分明。

以上十首集梁晋竹句。

二十六

被底鸳鸯想绝痴，九张机下独相思。销魂押角红泥印，乞得长笺诉别离。

欲诉深愁觌面难，碧城隐约见阑干。枕霞红印胭脂冷，昨夜银屏梦太寒。

昨夜梨花今夜雨，旧时楼阁旧时门。剧怜往事成追忆，愁指金环说故恩。

碧桃花下记逢君，一夜鸳鸯怅失群。好倩秋鸿传信息，和烟和月梦行云。

远隔银河近隔墙，云山千叠九回肠。南飞燕去无消息，欲往从之路阻长。

秾桃艳李几番春，把酒论诗记昔因。闻说蓬山今不远，眼中情泪意中人。

淡烟微雨做黄昏，零落脂痕又粉痕。曲曲重门通隐约，纵无人在亦销魂。

红销翠歇惹愁多，雨妒风欺可奈何。忆否层层帘幕处，比肩双笑唤鹦哥。

重叠红楼认欲差，偷将冷眼看梅花。临歧犹记殷殷语，惆怅江天日暮霞。

此际伤心只泪流，美人去后剩高楼。粉痕脂影今无迹，燕子飞来月也愁。

以上十首集梁晋竹句。

二十七

浊酒如淮歌慷慨，休将消息恨层城。回头却望江南月，碧树遥遥别袂情。

苦将身世诉飘蓬，肠断空候曲未终。别后相思隔江水，杜鹃寂寞怨东风。

双栖有个凝妆靓，柳暗花浓罨绮楼。桑落酒香卢橘美，端居何用觅封侯。

翠袖须愁烟水寒，玉人微叹倚阑干。无边春色来天地，苦忆江南欲住难。

隔断红墙十二楼，昼长无事为忘忧。姑苏台畔东风柳，摇落深知宋玉愁。

可怜思妇楼头柳，欲系扁舟奈晚何。往事酒杯来梦里，柳花和泪落谁多。

乱离牢落暮云平，犹有罗敷未嫁情。此际可怜明月夜，殢人肠断脸波横。

海色秋风又一年，故乡云树梦魂边。吾生此外无他愿，散发江湖任醉眠。

以上八首集吴梅村句。

二十八

中原极目更谁依，花落回头往事非。最是晓钟敲不寐，秋风禾黍泪沾衣。

回首旧游飞雁远，客愁乡梦待何如。芦花一片江湖白，木落天高好寄书。

桦烛三条见泪痕，东篱洒酒泛芳樽。谁堪幽梦牵罗袖，长笛声声欲断魂。

绛蜡窗前泪未收，伴人离抱向东流。关山飘泊腰支细，但洗铅华不洗愁。

尺书难到雁来迟，简得异香起梦思。却向清秋共消损，枉抛心力付蛾眉。

词客哀时庾子山，苦留踪迹住尘寰。江花江月归何处，青鸟孤飞信不还。

生死无端事总非，胜情今日似君稀。相思不断如春草，惆怅花间燕子飞。

月明吹笛不知眠，野哭山深叫杜鹃。今日乱离寥落甚，天涯歌舞惜流年。

杜宇声声唤奈何，白蘋江上送横波。停桡却向烟深处，一笠沧浪自放歌。

平分风月复何如，女伴相依共索居。自写洛神题小像，艳情还作过江书。

贳酒悲歌行路难，衔杯落日指雕鞍。玉颜屡见莺花度，多恐萧郎不忍看。

故国风尘惊岁晚，乱来生计逐飘蓬。云山已断中宵梦，花发春江望眼空。

以上十二首集吴梅村句。

二十九

故旧相逢总白头，梁园修竹隐沧洲。朱楼有泪看杨柳，花月闲时我欲愁。

白云乡树远帆微，烟水芦花一雁飞。昨夜西窗仍梦见，征人消息几时归。

长对萧萧夜雨寒，只今诗酒驻江干。他年相见欣无恙，翦水双瞳镇日看。

夜半酒楼羌笛起，天涯书剑忽离群。又看青草生南陌，青鸟殷勤日暮云。

碧梧夜落秋阶冷，望断寒云冻不开。雪满关河书未到，惯迟作答爱书来。

玉树歌残恨未休，故乡萧瑟海天秋。还家杜宇三更梦，细雨孤帆载客愁。

青山叠叠征帆影，回首关河数暮鸦。浪掷红颜终是恨，珍珠无价玉无瑕。

夜深银烛最分明，鹤唳归来梦不成。手把定情金合子，玉钗恩重是前生。

回首乡关乱客愁，藕花萧瑟野塘秋。斜晖有恨家何在，故国伤心恐泪流。

万里烽烟归未得，明珠还欲致倾城。苦留后约将人误，红粉飘零我忆卿。

以上十首集吴梅村句。

三十

玉颜憔悴几经秋，忆得郎来系紫骝。频敛翠蛾人不识，相逢无计诉离愁。

醉里放歌衰鬓短，十年旧事总成悲。蛾眉薄命将身误，惆怅平生负所知。

江城细雨碧桃村，寒食东风杜宇魂。慷慨与君谈旧事，笛声哀怨起黄昏。

不向城南斗钿车，春来飞絮恨无家。征途鶗鴂愁中雨，书到江南正落花。

念家山破定风波，惆怅崔郎一曲歌。莫问间关因路断，奈他明镜泪痕多。

月夜分携几度圆，相思千里草芊芊。劫灰重作江南梦，白发无家听杜鹃。

四月乡村响杜鹃，送君吹笛柳阴船。红楼历乱胭脂雨，白发花前又十年。

请倾百斛葡萄酒，酒尽移船曲榭西。豆蔻梢头春十二，断虹残雨子规啼。

只今憔悴秋风里，不及当时是少年。闻道罗帏怨离索，任他明月自团圆。

红粉知非旧日楼，台池萧瑟故园秋。纵教落得江南梦，门外沧江起暮愁。

以上十首集吴梅村句。

三十一

楼空倚遍数更长，谁弄朱丝奏凤凰。愁掩旧屏银烛暗，不堪闲处细思量。

可怜汉渚虚投佩，拟托微波又自休。惟有梦魂难管束，随风飞落玉钗头。

茂陵寂寞相如病，负煞千金一曲歌。梦里昨宵逢旧识，只应无奈五更何。

蒹葭曾得倚琼枝，兰蕙生香不睡时。风里杨花难自主，枉教潘岳鬓成丝。

不成欢笑又酸辛，睡鸭烟消翠帐春。自许芬芳通梦寐，莫教离恨著腰身。

雏莺小啭乍惊眠，烟隔高楼月隔烟。一尺云鬟三寸屐，只堪相忆不堪怜。

两行红蜡泪花春，别袂风吹几处尘。水翦清眸新月曙，当时脉脉为何人。

以上七首集冯定远句。

三十二

白发容人更几时，劝君无事莫相思。一缄幽恨分明在，历历当年只梦知。

月痕如画见登墙，柳困花蔫草不香。空写素书留别恨，莺啼声里损年光。

青禽来往春宵促，不觉风声透锦帘。曾向罗敷窗下坐，花深红烛夜厌厌。

锦字书频雁足忙，愁中白发可胜长。山河自是难开眼，来去看花总断肠。

满地乱离悲此夕，玉花双堕泪溶溶。不知屧响归何处，一夜无眠到晓钟。

重衾霜冷通宵梦，自是多情易得愁。半下玉钩帘里坐，水窗鸾镜见梳头。

灯前众里分明见，当日楼中夜未阑。一笑何时容我醉，昨来消息到蓬山。

睡鸭凝寒春梦浅，西江流水未应深。恩情只觉千年少，尽见萧郎不语心。

以上八首集冯定远句。

三十三

明姿如上玉山行，散朗高情一笑轻。千蝶帐深萦短梦，此时何可再无卿。

密商佳会鹊填桥，消渴还愁骨亦消。宝鸭香和情共热，一生拚尽在今宵。

寸衷脉脉付低徊，夜半分明到镜台。赖有暖言堪入骨，与君刚在梦中来。

掩过银屏夜月收，忽然幽事到心头。春浓逗梦三千里，只隔欢娱不隔愁。

未接音词早接香，一番凝盼一回肠。不知身是孤飞鸟，梦入关河夜正长。

一寸灵犀两处同，难将密意嘱飞鸿，还愁梦里寻郎去，青鸟衔笺尚未通。

以上六首集王次回句。

三十四

离魂路有云千叠，才隔红帘便渺茫。独夜有时来好梦，天涯几处为回肠。

十载离肠搅乱丝，偶翻鸳牍暗矜持。合欢心事相关处，天遣情多莫讳痴。

断肠书字袖年年，心似游丝百尺牵。料得琼楼高十二，梦来须认路绵绵。

览镜心情只自怜，那堪泪落落花前。可知画尽销魂字，此日回肠几万千。

絮语难终夜渐徂，不禁离泪五更初。千阑百就多辛苦，只悔从前领略疏。

画屏前事忆漫漫，影似垂杨气比兰。帐底霞光帘底月，尽留颜色待君欢。

以上六首集王次回句。

三十五

移灯长忆影娉婷，醉得柔肠未许醒。惆怅不知今夕是，记将幽梦说惺惺。

琼树生成连理枝，半通商略半矜持。人间刻骨难忘处，只许檀郎独自知。

并叠心情付所亲，意中言语意中人。归来会有红窗夜，拚向柔乡顿此身。

月痕常见泪痕生，唱到离鸾别有情。不负芳盟同皦日，旧恩山重一身轻。

情函道旧不嫌长，密讯红笺日几张。早信个人心更暖，一生多泪为柔肠。

花影幽窗掩独眠，隔年衣袖唾花溅。半宵欢泪零残烛，好梦关心记未全。

以上六首集王次回句。

三十六

恶抱千端集夜深，隔帘消息正沉沉。微茫意绪心相印，春梦偏宜此夜寻。

情深似水流难尽，恩重真拚命一丝。爱把远书看亹亹，离愁滋味夜灯知。

灯前一笑识曾无，花自芬芳月自腴。最是新凉生玉簟，蓬莱有路尚嫌迂。

蛸蛴还啮旧欢痕，别酒尊前带泪吞。花底帘栊红入梦，归来燕子叩黄昏。

情深那更厌离群，为惜湘兰竟体芬。要识寸心相喻处，飞来明月忽思君。

有蝶可招同入梦，青鸾几日不飞还。秋清更忆人如画，一摺银屏万叠山。

以上六首集王次回句。

三十七

江干脉脉离踪远，情重依然似去年。又是春分时节近，半帘疏雨海棠眠。

凤鸾离别愁烟雨，花落花开手暂分。消受卿卿受限意，梦初回时尚疑云。

东风吹起长堤柳，今日杨花撩乱飞。隔着关河遥送别，小楼有梦事俱非。

思君倚遍曲阑干，万里书长下笔难。勉向山中计时日，一帘春破老梅寒。

残客独吟秋色晚，登高情易感乡关。峨眉山迥无书到，相忆惟馀梦往还。

佳期屡卜总蹉跎，费尽流莺百啭歌。蜀道如天飞不到，只愁难别自今多。

以上六首集黄仲则句。

三十八

芳草尽情眠细雨，湘帘斜卷试香痕。朱阑低处一回首，蝴蝶飘零感梦魂。

怀人风味感蒹葭，断雨残风葬落花。寂寞小长干外路，知君有梦不思家。

千里离踪怅断蓬，春来春去一番风。锦衾角枕凄凉味，此日楼台似梦中。

一条芳草天涯路，分诉离情话短长。何处玉箫吹引凤，空留春梦断人肠。

中心哀怨自分明，何事思君倍有情。送别泪凝双袖碧，年年罗帐筑愁城。

千里云鸿迟信息，梦中相会不分明。春光只逼朱颜老，新有离鸾别凤情。

以上六首集袁兰郇句。

三十九

不知春恨几时休，未接音书久隔秋。梦想峨眉峰十二，五年江上待归舟。

于今萧索几芙蓉，听尽禅关半夜钟。心目摇摇情脉脉，分明不是梦中逢。

一枝红豆费长吟，不奈流莺怨太深。绝少梦来寻誓约，此身轻重恃郎心。

可惜素心人万里，也应肠断月明间。蝶飞孤枕谁同梦，帘卷双钩待燕还。

以上四首集袁兰郇句。

四十

梦为无聊懒到家，况经远别更天涯。征鸿归尽书难寄，检点闲愁在鬓华。

消愁酒醒愁依旧，碧海青天万古情。四月桃花开马首，送君行处草初生。

几番花月送人行，百合葳蕤不锁情。手指孤云向君说，重来回首已三生。

无赖闲花照独眠，百忧如影堕灯前。年年不见春杨柳，娲补难平有恨天。

雾鬓烟鬟水上头，风亭月榭记绸缪。浮云欲别休回首，飞絮飞花几度秋。

开遍夭桃又秾李，重来非复昔时春。心如莲子常含苦，香草何曾见美人。

以上六首集黄仲则句。

四十一

蛾眉月挂愁千里，何处笙歌月下听。鹤帐猿啼新别恨，至今如梦不曾醒。

风泊鸾飘信可哀，满衣清露独徘徊。夜深倘有横江鹤，为报离肠已九回。

明灯锦幄珊瑚骨，虽换罗敷未嫁身。今夜别君无一语，此时意态只宜颦。

后约尺书勤远寄，交情春水不嫌深。眄君如眄云中月，才识君心即我心。

一种秋怀两地知，可能重读定情诗。泪添吴苑三更雨，愁似春蚕未断丝。

剩有扁舟载月明，更经离索想生平。怀君晓岸垂垂柳，泪如桃花醋酿成。

以上六首集黄仲则句。

四十二

有酒有花翻寂寞，春愁泥我渐腾腾。我心自有明明月，月为愁心晕一层。

落拓愁怀遣倍难，世途惟有醉乡宽。离心催挂天边树，冷雨疏花不共看。

画舫银灯黯别情，深杯柏叶为谁倾。西风吹梦寻无迹，红树千行雁一声。

聚本无端别可惊，啼鹃催去又声声。前途鸥鸟如相讯，与话烟波浩荡情。

相逢笑我鬓先斑，吊古忧生苍莽间。昨夜梅花香到枕，月明低唱望家山。

鸟啼花落自年年，露槛星房各悄然。握别霜天情似昔，几多青睐独垂怜。

以上六句集黄仲则句。

四十三

相对空为斫地歌，酒阑萧瑟断肠多。我来惆怅斜阳里，如此苏州奈若何。

多时掩幔留香住，莫说飘零怕减欢。后夜相思同皓月，可怜闲煞好阑干。

旧地重过思不禁，斜阳蔓草自然深。愿从化作横江鹤，待要寻君何处寻。

寄语高楼休极目，晓天星影暮天鸿。生来不解销魂别，聚散浑疑一醉中。

落叶萧萧自掩门，天涯时节独开樽。珠帘十二斜阳下，留伴梅花夜月痕。

眼波欲逐川流去，望远愁遮日暮尘。酒尽云山俱黯黯，只宜秋醉不宜春。

而今潘鬓渐成丝，忧患潜从物外知。事有难言天似海，人间何处不相思。

卷帘湘月夜添薰，回首重城只断云。绿酒无缘消块垒，青山红树渺思君。

以上八首集黄仲则句。

四十四

倚醉飘愁不自知，堤杨偏放可怜枝。至今风雨阑干上，苦对莺飞草长时。

窈窕寒流为照颜，春风吹泪湿西山。绿杨千里阑干外，只有轻鸥自往还。

灯影啼痕若可分，三年邂逅两逢君。只今细雨荒江上，闲数飞鸿篆白云。

亲受佳人肺腑言，兰苕翡翠眼中存。坐间芗泽春微动，暗烛解温儿女魂。

往事心头过历历，独移帘烛泣残红。江南明月年年好，照尽飘零处处鸿。

摩挲泪眼送青天，摇兀江湖便可怜。片念微茫千劫换，谁家消息好春边。

以上六首集陈伯严句。

四十五

回头莺燕衔花尽，犹盼花时啄蕊回。覆水年华灯下泪，连宵翻教梦成灰。

雨冷云昏安所之，骎骎车马看腾驰。只今石烂天荒日，独记行吟惨澹时。

乱云槛外正纵横，郁勃肝肠照酒觥。几日觅君如有约，独携酸泪出春城。

仰睇青霄斗柄长，孤舟一往乱愁肠。零缣细忆平生语，为汝闻歌泣数行。

梦寐重寻成此夕，荡愁歌吹压群嚣。怀人落日满江海，泪堕年年上下潮。

略抚新歌得暂欢，乍来莺语傍阑干。门前尽有花如海，留与江南儿女看。

以上六首集陈伯严句。

四十六

垂垂泪向春波尽，向夕云霞袅袅生。定有佳人忆江海，逢迎千里鹧鸪声。

风怀例合贮穷愁，大月难窥彻骨忧。好佩琼琚念孤孑，飞鸿影尽绿杨楼。

浮生千劫匆匆尽，隐隐砧声落叶声。苦拨死灰话怀抱，已怜歌哭杂江城。

颓云莽莽归何处，寒雁犹看冉冉东。魂梦十年迷玉笛，阑干凭记夕阳红。

温梦歌呼我未驯，蟠天际海为谁颦。何当花发流莺哢，屡劫还为自在身。

记梦微怜履迹残，微风吹酒是春寒。可怜缥缈江山上，剩倚斜阳带泪看。

以上六首集陈伯严句。

四十七

看取磁盆梅蕊红，迷茫雾鬓画楼东。春宵知在人间世，江北江南花影中。

鸥鸟惊飞雁影收，夕阳栏楯语中流。江湖暗数千帆尽，只剔残红照乱愁。

啁啾莺燕已衔春，留得花前共命人。灯火笙歌千虑迸，玲珑小阁剩娇嗔。

新亭雨泣恐多时，白月高天自写诗。留得神州歌哭地，泪看成海梦成丝。

以上四首集陈伯严句。

四十八

此日登楼有馀思，紫兰花畔卧新晴。斜阳欲堕无人管，渐乱春愁不可名。

壁灯犹暗旧啼痕，一舸风波劫外魂。肯向神君乞如愿，化为蝴蝶伴黄昏。

抚膺家国逼灯前，箭吹飘扬醉仰天。欲倒沧瀛滴卮酒，不知今夕是何年。

晚风墙角自凄清，倦鸟依依识此情。归去江湖残泪在，隔枝莺语可分明。

纤月亭亭履迹新，几凭归梦数飘茵。照愁江海君能至，破寐芳馨兰蕙春。

以上五首集陈伯严句。

（《苏州明报》1947年1月27日至3月16日）

生挽郑逸梅社兄

输君妙笔吐奇葩，补白称王也足夸。逸韵清才谁得似，前身端的是梅花。往者杂志报章中，君每以所作小品文为之补白，人因以“补白大王”称之。

皋比十年曾半拥，苦心作育尽英才。春风桃李争荣日，道是先生取次栽。君兼为二三学校指教鞭，尽日奔波无兼宁晷，十馀年来，作育英材多矣。

干戈扰扰无宁日，萁豆相煎大可哀。乱世难寻安乐土，愿君此去莫重来。

同乡同社复同庚，好好先生并有名。君苦衰颓我亦倦，何妨携手更同行。君与愚同籍吴门，同隶星社，同为五十三岁，复同以好好先生名。今君自谓已现衰颓之象，而愚亦厌倦斯世，则又何妨携手同行乎？

（《立报》1947年3月1日）

玄墓圣恩寺留题

劫馀重到还元阁，举目河山百种宽。欲寄身心何处寄，万梅花外一蒲团。

万梅花外一蒲团，打坐千年便涅槃。佛雨缤纷花雨乱，如来弥勒共盘桓。

1947年3月13日

（《探梅》，《立报》1947年3月26日）

题司徒庙清奇古怪

森森郁郁不知年，古怪清奇各逞妍。恰于湖山同寿考，沧桑阅尽得天全。

1947年3月13日

（《清奇古怪》，《立报》1947年3月28日）

咏樱花

我本来爱花若命，对于花几乎无所不爱，可是经了“八一三”创钜痛深，因为痛恨了日寇，对樱花也并没好感。

芳菲满眼占春足，紫姹嫣红绕屋遮。花癖还须分国界，樱花不爱爱梅花。

（《樱花》，《立报》1947年4月4日）

西山行

镇下杨梅

摘来甘果出深丛，三两吴娃笑语同。拂柳分花归缓缓，一肩红紫夕阳中。

包山寺大云堂

聚首禅堂别有情，清宵翦烛话平生。芭蕉叶上潇潇雨，梦里犹闻碎玉声。

消夏湾

湖水沦涟满绿萍，随波逐浪总艰辛。托根无地归无所，一样飘零念个人。

消夏湾头一望赊，亭苕玉立有莲花。遥看瓣瓣胭脂色，疑是西施脸上霞。

大云堂听雨

跌宕茶边复酒边，清言叠叠涌如泉。只因贪听芭蕉雨，误我虚堂半夕眠。

石公山

奇石劈空惊鬼斧，天开一线叹神工。先登风弄骄风伯，更上层崖叩碧穹。

步步艰难步步愁，还须鼓勇莫夷犹。老夫腰脚仍如昨，要到巉岩最上头。

石公石婆

双石差肩临水立，石公耄矣石婆妍。羡他伉俪多情甚，息息相依亿万年。

石公山联句

七十二峰数石公，范烟桥。烟波万顷接长空。风帆点点心俱远，程小青。山骨崚崚意自雄。萍藻随缘依荻岸，周瘦鹃。松杉肆力出芜丛。崩云乱石惊天阙，闻达。未许五丁夺化工。范烟桥。

漫　赋

游侣当年有凤俦，偏教避寇误清游。而今放棹烟波上，触拨孤鸾一段愁。

旸谷初阳乍吐光，虞渊斜日又昏黄。相煎相贼今何世，歌哭湖山下大荒。

1947年6月27日至30日

（《杨梅时节到西山》，《旅行杂志》1947年第21卷第10期）

明月坡

静里惟闻欸乃声，轻舟如在画中行。此心愿似明明月，明月坡前待月明。

1947年6月29日

（《花前新记·石公山畔此勾留》，江苏人民出版社1958年1月初版）

还　泪

我自幼至长，为了恋爱，为了国恨，为了家难，也简直构成了一部泪史，也在还我的一笔泪债。

悲来岂独梦无成，直欲逃禅了此生。偷活人间缘底事，尚须还泪似颦卿。

学书学剑两难成，愁似江潮日夜生。为有情逋偿未了，年年还泪作颦卿。

1940年代

（《花前续记·〈红楼〉琐话》，上海文化出版社1956年12月初版）

咏彭刚直情事

冷香疏影一重重，画里真真绝代容。赢得彭郎长系恋，个侬不是负情侬。

英雄肝胆彭刚直，跌宕情场见性真。狂写梅花盈十万，一花一蕊尽伊人。

1940年代

（《花前续记·关于花的恋爱故事》，上海文化出版社1956年12月初版）

西湖梦寻选

我是西湖旧宾客，春来那不梦西湖。十年未见西湖面，还问西湖忆我无。

我是西湖旧宾客，每逢月夜梦三潭。记曾看月垂杨下，月色溶溶碧水涵。

我是西湖旧宾客，梦中灵隐任优游。冷泉已冷何须热，峰既飞来且小休。

1940年代

（《花花草草·新西湖》，上海文化出版社1956年9月初版）

我是西湖旧宾客，九溪曲曲梦徘徊。记曾徒跣溪头过，跳出鲤鱼一尺来。

我是西湖旧宾客，西溪时向梦中浮。记从月下吟秋去，如雪芦花白满头。

1940年代

（《花前琐记·梦》，北京通俗出版社1955年6月初版）

生查子·咖啡

电影上银屏，取证欢侬事。脉脉唤甜心，省识西来意。积恨不能消，狂饮葡萄醉。更啜苦咖啡，绝似相思味。

1940年代

（《花前新记·咖啡谈屑》，江苏人民出版社1958年1月初版）

咖　啡

苏州在日寇盘踞的时期，也有所谓咖啡馆，门口贴着“欢迎皇军”的招贴，由一般荡女淫娃担任招待，丑恶已极！我偶然回去探望故园，一见之下，就疾首痛心，掩面而过。那时老画师邹荆盦前辈已从香山回到城中故居，他是爱咖啡成癖的，密藏着好几罐名牌咖啡，而以除去咖啡因的“海格”一种为最。我们痛定思痛，需要刺激，他老人家就亲自煎了一壶“海格”。相对畅饮，我口占小诗三绝句答谢。

卢仝七碗浑闲事，一盏咖啡意味长。苦尽甘来容有日，借它先自灌愁肠。

白发邹翁风雅甚，丹青写罢啜咖啡。明窗静看丛蕉绿，月季花开香满衣。翁喜种月季花。

瓶笙声里炎炎火，彝鼎纷陈闻妙香。我欲晋封公莫却，咖啡壶畔一天王。

1940年代

（《花前新记·咖啡谈屑》，江苏人民出版社1958年1月初版）

元夜口占

华年似水悠悠去，利锁名缰一例删。朝看梅花暮看月，人生难得是心闲。

1940年代

（《花前琐记·反闲篇》，北京通俗文艺出版社1955年6月初版）

木犀蒸

向例桂花开放时，总在中秋前后，天气突然热起来，竟像夏季一样，苏人称之为“木犀蒸”。桂花一经蒸郁，就蓬蓬勃勃地盛开了。

中秋准拟换吴绫，偏是天时未可凭。踏月归来香汗湿，红闺无奈木犀蒸。

1940年代

（《花前琐记·闻木犀香》，北京通俗文艺出版社1955年6月初版）

盆景四绝

不事公卿不辱身，修然物外葆天真。长年甘作花奴隶，先为梅花忙一春。

或像螭蟠或虎蹲，陆离光怪古梅根。华堂经月尊彝供，返璞还真老瓦盆。

删却枝条随换土，瓦盆培养莫相轻。残英沾袖馀香在，似有依依惜别情。

养花辛苦有谁知，雨雨风风要护持。但愿来春春意足，瑶花重见缀琼枝。

1940年代

（《花前琐记·一年无事为花忙》，北京通俗文艺出版社1955年6月初版）

浣溪沙·惜花

姹紫嫣红花满枝。晨钞瞑写百花时。爱花总是为花痴。晓起不辞花露湿，往来花底拨蛛丝。惜花心事有花知。

1940年代

（《姑苏书简·爱花总是为花痴》，新华出版社1995年5月初版）

山茶一树自冬直至清明后著花不已

东园三日雨兼风，桃李飘零扫地空。惟有小茶偏耐久，绿丛又放数枝红。

1940年代

（《拈花集·山茶花开春未归》，上海文化出版社1983年6月初版）

1950年代

石湖夜泛

一水溶溶似玉壶，行春桥畔万船趋。二分明月扬州好，今夜还须让石湖。

秋水沦涟月满铺，长空如洗点尘无。嫦娥绝色倾天下，此夕分明嫁石湖。

1953年农历中秋后二日

（《花前琐记·石湖》，北京通俗文艺出版社1955年6月初版）

题俞子才、徐绍青、叶藜青三画师合作《石湖秋泛图》

飞瀑千寻绝点尘，虬松百尺缀龙鳞。翩翩白袷谁家子，疑是六如画里人。

1953年农历中秋后二日

（《花前琐记·石湖》，北京通俗文艺出版社1955年6月初版）

清平乐·凤仙

嫣红欲绝。瘦朵藏低叶。鬓袖不知风露湿。弹向晓凉时节。　　蝶蜂栩栩仙仙。泥人半晌缠绵。画箔秋灯儿女，夜来若个深怜。

约1953年

（《花前琐记·好女儿花》，北京通俗文艺出版社1955年6月初版）

送寒衣

立春后，上南京去出席江苏省第一届人民代表大会第二次会议，天气骤冷，大雪纷飞，似乎回到严寒彻骨的寒冬。苏州分别给邓卓先校长送来寒衣，给潘伯英兄寄来丝棉裤，善感如我，不可无诗。

体贴无殊骨肉亲，推襟送抱见情真。衣还未着先温暖，温到心头暖到身。

1955年2月

（《花前琐记·送寒衣》，北京通俗文艺出版社1955年6月初版）

重游西湖纪事

虎　跑

听水听风不费钱，杏花春雨自绵绵。狮峰龙井闲闲啜，一肚皮装虎跑泉。

跨虹桥

一条桥又一条桥，行尽苏堤第六桥。强步难为汪旭老，酒香馋煞范烟桥。

冷　泉

桃李恹恹春寂寂，风风雨雨做清明。何如笠屐来灵隐，领略幽泉泻玉声。

1955年4月

（《花花草草·新西湖》，上海文化出版社1956年9月初版）

蝶恋花·惜春

正是缃梅初绽候。骀荡春光，便向人间透。十雨五风频挑逗。江城处处花如绣。　　恨杀春光留不久。来也偷来，走也偷偷走。绿渐肥时红渐瘦。防他一去难追究。

1955年春

（《花花草草·花雨缤纷春去了》，上海文化出版社1956年9月初版）

碧螺春

一九五五年七月七日新七夕的清晨七时，苏州市文物保管会和园林管理处同人，在拙政园的见山楼上，举行了一个联欢茶话会。品茶专家汪星伯兄忽发雅兴，前一晚先将碧螺春用桑皮纸包作十馀小包，安放在莲池里已经开放的莲花中间。早起一一取出冲饮，先还不觉得怎样，到得二泡三泡之后，就莲香沁脾了。

玉井初收梅雨水，洞庭新摘碧螺春。昨宵曾就莲房宿，花露花香满一身。

及时行乐未为奢，隽侣招邀共品茶。都道狮峰无此味，舌端似放妙莲花。

翠盖红裳艳若霞，茗边吟赏乐无涯。卢仝七碗寻常事，输我香莲一盏茶。

1955年7月7日

（《花花草草·洞庭碧螺春》，上海文化出版社1956年9月初版）

随省人代会第一次会议全体代表谒中山陵

浓阴夹道沉沉绿，修竹乔松集大成。天下为公今实现，好将斯意告先生。

1956年8月

（《花前新记·省会侧记》，江苏人民出版社1958年1月初版）

示儿女

死去元知万事空，我生幸见九州同。他年大业完成后，家祭毋忘告乃翁。

1956年

（《花前续记·杨彭年所制的花盆》，江苏人民出版社1956年12月初版）

悼小犬阿黑

忧乐相依十八年，迎宾司户念君贤。而今归向灵山去，何日重来续旧缘。

1957年1月

（《拈花集·追念小友阿黑》，上海文化出版社1983年6月初版）

咏白乐天四首

凄绝新丰折臂翁，痌瘝在抱几人同。香山佳什都能解，老妪居然字字通。《新丰折臂翁》系《长庆集》中《新乐府》五十首之一，为反战而作。

千有馀年弹指过，弥纶四海诵遗篇。那知乌拉山边客，也拜诗人白乐天。苏联有白诗译本，传诵一时。

甘棠遗爱至今留，堤上垂杨蘸碧流。装点湖山凭好句，使君应谥白苏州。《长庆集》中有《吴中好风景》、《苏州柳》等多首，均为歌颂苏州而作。

联翩裙屐集名园，诗圣前头寿一樽。风雨萧骚浑不管，梅花香里各销魂。远香堂上方举行梅花展览会，予亦有“鹤舞”、“凤翔”、“梅月图”等十馀点参加展出，颇为诸诗人所赏。

1957年3月4日

（《花前新记·歌颂诗人白乐天》，江苏人民出版社1958年1月初版）

燕子矶三台洞

燕子飞来不记年，危崖危立大江边。幽奇独数三台洞，一径潜通小有天。

暗中摸索疑无路，不畏艰难路不穷。安得云梯长万丈，扶摇直上叩苍穹。

1957年11月

（《行云集·万古飞不去的燕子》，江苏人民出版社1962年11月初版）

送苏联老人艾依斯蒙特花籽瓜籽

中苏携手欢情畅，同气连枝似一家。愿祝莫斯科下土，年年开遍凤仙花。

玲珑娇小态夭斜，金碧交辉双景瓜。瓜瓞绵绵团结紧，中苏盟好恰如它。

1957年

（《花前新记·把我的花和瓜种到苏联去》，江苏人民出版社1958年1月初版）

进呈毛泽东主席《花前琐记》诸著附诗

凭借吉语祝人豪，松柏长春节节高。如此江山千万好，愧无彩色颂勋劳。

1958年秋

（《周瘦鹃研究资料》，王智毅编，天津人民出版社1993年3月初版）

正仪顾阿瑛千叶莲分种拙政园

笑向玉山佳处行，东亭风月共相迎。嘉莲惠及苏州市，遗泽休忘顾阿瑛。

1959年春

（《花弄影集·莲花世界》，香港上海书局1964年3月初版）

亲切见到毛主席感怀

尧天舜日分明见，刻骨难忘一片情。誓把此身长许国，不辞辛苦创新生。

1959年5月

（《拈花集·我的心被拴住在怀仁堂》，上海文化出版社1983年6月初版）

第三届第一次全国政协会议后敬老会即席口号

白发满堂集众贤，春光未老百花妍。欢呼共祝人长寿，更祝宗邦万万年。

1959年5月

（《拈花集·长春不老》，上海文化出版社1983年6月初版）

离京南下车上和刘梦得

一片和平雅颂声，共相团结共争荣。后生此日尊先辈，先辈还须学后生。

1959年5月

（《拈花集·长春不老》，上海文化出版社1983年6月初版）

离京南下车上和沈尹默

春满华堂乐满怀，众中尽有济时才。不妨髡首如秋柳，何事染髭颔上来。

1959年5月

（《拈花集·长春不老》，上海文化出版社1983年6月初版）

前线歌舞团在开明戏院演出

一九五九年初冬，前线歌舞团全体团员，曾出国到奥京维也纳去参加第七届世界青年联欢节，又在其他各国巡回演出，让国际友人欣赏到了新中国丰富多采的清歌妙舞，不论是哪一个国家的舆论，一致地给与很高的评价。他们归国以后，我一时得不到消息，正在惦念，不料“飞将军”从天而下，他们竟到苏州来作慰问演出了。

冲锋陷阵真无敌，卓绝人民子弟兵。别擅胜场歌且舞，红氍毹上颂和平。

爱煞春江花月夜，棉粮簇簇庆丰收。银塘竞采红菱艳，孔雀开屏舞不休。

繁弦急管歌喉脆，花伞翩翻幻彩虹。吞吐烟云龙起舞，红旗猎猎展东风。

民族联欢合一家，舞衫歌扇斗纷华。舟山锣鼓连天响，催放千春灿烂花。

1959年冬

（《拈花集·卓绝人民子弟兵》，上海文化出版社1983年6月初版）

学步集选

前　言

难忘的一九五九年四月二十八日，荣幸地拜见我们伟大的领袖毛主席于怀仁堂外，道左小立，主席慈祥地对我说了六句话，末了摊开手来向着我问："有什么新的东西给我看看？"这一句话，对我起了莫大的鼓励和督促的作用。回到苏州以后，我的干劲立刻来了，活力满身，心想非搞些新东西出来给主席看看不可。于是文艺园艺，同时并进，随时随地用主席的话来鞭策自己。天天穷思极想，几乎钻到了牛角尖里去。就在夏季一个挥汗如雨的大热天里，竟斗胆地把主席先前在报刊上发表过的四首诗和十七首词，一一步韵恭和。主席诗词中有些韵脚实在是不容易和的，我大动脑筋，兀自苦苦地想，早也想，夜也想，坐也想，行也想，总算过了一关又一关，终于把它全部和出来了。每一首诗和词，再也不敢老一套的吟风弄月，都是着眼于歌颂社会和新事物的。只因工力和气魄都差得很远，一无是处，不过借此表示我的一番苦干笨干、敢作敢为的精神罢了。自知邯郸学步，丑态百出，因此把这些和作定名《学步集》。

一九五九年四月三届首次全国政协会议开幕志喜，和主席《赠柳亚子先生》原韵

耆英盛会意难忘，预兆年丰麦已黄。既有高贤倾肺腑，更多妙手著文章。才能卓卓齐挥发，国计堂堂共考量。自愧驽骀无足数，姑传喜讯到胥江。

写怀，和主席《长征》原韵

错节盘根不畏难，笔耕墨耨未偷闲。欲凭文字为劳役，忍掷韶光若转丸。长上关怀常问暖，亲朋熨帖惯嘘寒。年来百事都如意，长对河清展笑颜。

十六字令·和主席三首

引洮上山

山。下瞰洮河起怒澜。牵引上，万众半方酣。

英雄登珠穆朗玛峰

山。积雪千年永不残。登绝顶，赤帜树云间。

红军长征过雪山

山。雪滑难行下马鞍。人尽过，万岁各呼三。

菩萨蛮·和主席《黄鹤楼》原韵

山川辉映新中国，长桥虹贯南和北。露顶师昊苍，横肱压汉江。　京华从此去，万众归心处。欲看浪滔滔，桥头步步高。

清平乐·和主席《会昌》原韵咏羊城花木

莺啼彻晓。客梦醒来早。花地花天春不老。茉莉珠兰都好。　白云缭绕高峰。分明管领南溟。信是得天独厚，四时长见青葱。

蝶恋花·和主席《游仙》原韵庆祝建国十周年

浩荡东风梳万柳。柳色青青，青遍神州九。昔日所无今日有。高歌共醉千杯酒。　动地惊天齐伐鼓。旗帜飘飘，人自蹲蹲舞。去去南山同射虎。笑看东海飞红雨。

沁园春·和主席《雪》原韵作展望

锦绣山河，意众云从，赤帜风飘。看雄关北峙，黄尘漠漠，大江东去，白浪滔滔。矿富五金，田丰五谷，生产年来节节高。真堪爱，爱千红万紫，竟比嫽娆。　声歌一样多娇。更凤翥鸾翔试舞腰。况文章波磔，何输史记，诗词奔放，不数离骚。千百健儿，龙腾虎跃，奋去斩蛟复射雕。深深祝，祝鹏抟万里，迎取明朝。

沁园春·和主席《长沙》原韵咏洞庭山

雁叫清秋，百转千回，缥缈峰头。爱初开丛桂，衣襟香染，乍尝新栗，齿颊芳留。晚唱渔歌，晨吹牧笛，俯仰人间乐自由。真幽绝，看澄波深处，鱼跃鸥浮。　　年时曾此遨游。恰夏果杨梅万紫稠。记涉水登山，腰肢未济，敲诗拈韵，意兴常遒。跂脚禅堂，垂纶潮泊，啸傲烟霞胜邺侯。归来也，有嫩莼肥鳜，伴我兰舟。

1959年

（《姑苏书简·难忘四月十五日》，新华出版社1995年5月初版）

蜀　葵

花如木槿花相似，叶比芙蓉叶一般。五尺栏干遮不尽，尚留一半与人看。

1950年代

（《花弄影集·蜀葵花开一丈红》，香港上海书局1964年3月初版）

家中菊展

菊残纵有傲霜枝，那及清秋绰约姿。我为琼葩添寿算，看它开到岁朝时。

看它开到岁朝时，雪压霜欺总不知。柏悦松欢梅竹笑，春风吹上菊花枝。

1950年代

（《花弄影集·莫道花开不入时》，香港上海书局1964年3月初版）

劳动歌

劳动劳动，听我歌颂。身强力壮，从无病痛。脚健手轻，自然受用。忧虑全消，愉快与共。个人如此，何况大众。工农携手，力量集中。创造般般，生产种种。国之所宝，人之所重。劳动劳动，听我歌颂。

1950年代

（《《花前琐记·劳者自歌》，北京通俗文艺出版社1955年6月初版）

1960 年代

香花颂

香草香花遍地香，众香国里万花香。香精香料关生计，努力栽花更种香。

1960年7月

（《拈花集·花一般美好的会议》，上海文化出版社1983年6月初版）

献给全国花卉科学技术会议

江山如此多娇好，姹紫嫣红万象新。愿祝年年春不老，年年长作散花人。

祖国真成花世界，芬芳绰约万花团。东风浩荡花长好，花地花天唱不完。

1960年7月

（《拈花集·花一般美好的会议》，上海文化出版社1983年6月初版）

望江南·苏州好

一九六〇年秋，正是已凉天气未寒时，苏州市文学艺术工作者代表会议，在怡园的桂花香里召开了。大会小会，一连开了几天，人人意气风发，精神百倍，要在各个工作岗位上做出最好的成绩来，向党四十周年寿诞献礼。我因为已经用了毛主席大作诗词的原韵，和好了十七首词和四首诗，自以为已完成了献礼的任务，沾沾自喜，再也不打别的主意了。

不料大会闭幕那天，我刚走出怡园大门的时候，老友范烟桥兄忽地一把拉住了我，说："你单单把早已和好了毛主席原韵的诗词作为献礼，还觉得不够，你对苏州是一向刻骨倾心的，何不填几首《望江南》词来说说'苏州好'，歌颂歌颂苏州呢？你如果有这雅兴的话，那么我也做几首歌颂苏州的诗来奉陪。"我老有童心，不肯示弱，竟一口答允下来。

回到了家里，立刻动起脑筋来，随手摊开一张写坏了的稿纸，先就动笔写下了"苏州好"三个大字，思索一阵，不久就填成了三首《望江南》。总算是开工大吉。我生性卞急，又是好胜心强，朝朝暮暮，满脑子都是"苏州好"。一首又一首地写下去。最初欲望不大，指标定下一二十首就算了。哪知苏州实在太好了，一二十个"苏州好"，还是写得不够好，于是逐渐地加了码，加到五十首。后来更诗兴大作，再来个加码，直加到近百首，整日地哼哼唧唧，锲而不舍。到了第七天上，好像是百尺竿头，已达到了顶点，居然完工了。像这样地快马加鞭，赶得太急，当然是粗制滥造。后来仔细推敲，一再加工，并经文联召集了小组讨论，听取同志们提出宝贵的意见，作了必要的修改。不过词中所写到的，有些未免遭明日黄花之诮，可是作为时代的烙印，似乎也未为不可吧。

一九六二年七月一日识于花延年阁

苏州好，十载庆新生。水软山温天赋厚，民丰物阜地钟灵。愿祝万年青。

苏州好，非复旧吴城。烟突林林如笋茁，机声轧轧作雷鸣。工业创新生。

苏州好，自古号天堂。远涉重洋来上客，争看文物尽琳琅。山水也辉煌。

苏州好，选胜上天平。万笏朝天齐挺秀，群枫踠地互争荣。霜叶更娉婷。天平山为名山之一，石以万笏朝天胜，树则以三角枫胜，秋深霜叶红酣，游人云集。

苏州好，选胜上天平。一线天开如斧劈，教人扶壁作猱升。高处挟云行。龙门双崖夹峙，有狭磴可通山上，俗称“一线天”。

苏州好，选胜上天平。怪石奇峰都突兀，飞来卓笔各崚嶒。翘首欲拿星。过一线天而上，有飞来石，高二丈许，下临崖谷；卓笔峰高数丈，厥状如笔，卓立天际。

苏州好，选胜上天平。来燕榭中来燕燕，听莺阁里听莺莺。莺燕亦良朋。

苏州好，选胜上天平。借问试茶何处是，白云泉水自澄清。七一碗时倾。

苏州好，秀出有灵岩。响屧廊中听屧响，采香泾里水拖蓝。夹岸柳毶毶。响屧廊、采香泾均为吴宫旧迹。

苏州好，秀出有灵岩。玩月浣花池未涸，凌空一塔耸层岚。仿佛隔仙凡。山上有浣花池、玩月池，相传为当年吴王与西子游赏处。

苏州好，秀出有灵岩。西子琴台遗巨石，千年文物满禅龛。玄理足深探。山巅有巨石，云为“西子琴台”。灵岩寺中有佛教文物陈列室，庋藏历代佛经、佛像、书画等等，颇多精品。

苏州好，蜡屐虎丘来。塔影桥边看塔影，白莲池上白莲开。胜日此盘桓。塔影桥在虎丘山门之东，白莲池在山上千人石畔。

苏州好，蜡屐虎丘来。高阁凌云能致爽，生公说法剩空台。顽石已非顽。致爽阁与生公讲台均为虎丘名胜。末句云云系从旧说“生公说法，顽石点头”一语中蜕化而出。

苏州好，蜡屐虎丘来。石坐千人成集体，冷香阁上看缃梅。春晓冒寒开。千人石与冷香阁近在咫尺，游人云集。冷香阁上看梅，为春初胜事。

苏州好，蜡屐虎丘来。一角剑池流汩汩，品泉遥指铁花岩。陆羽也开颜。剑池之石，有陆羽石井，在铁花岩下，原有泉水颇甘洌。唐代陆羽，号称茶圣，曾品为天下第三泉。

苏州好，蜡屐虎丘来。香冢一抔留艳迹，真娘千古骨长埋。凭吊不须哀。真娘墓在千人石下方，传为唐代名妓真娘埋骨处。

苏州好，蜡屐虎丘来。装点后山齐绿化，呵成一气到前山。仿佛画屏开。虎丘后山，近已大加装点，与前山互相联系，面目一新。

苏州好，邓尉去探春。香雪漫漫真如海，皑皑一白浩无垠。十里播清芬。邓尉马驾山一带，广植果梅，盈千累万，春初花放时皑皑一白，香闻远近，因有“香雪海”之称。

苏州好，远足石嵝来。千树梅花香漠漠，因风吹上万峰台。茶竹满山栽。石嵝在光福弹山之南，厥名万峰台，四周尽植果树，尤以果梅为多，并有竹林茶坞，生气盎然。

苏州好，古柏至今留。翠盖婆娑春不老，拿云攫日蛰龙虬。铁骨撑千秋。光福柏因社有古柏六株，中四株向有清、奇、古、怪之称，树龄均在千馀年以上，而铁干虬枝，矫健如故。

苏州好，采石到金山。大厦连云轮奂美，花岗层叠作崇垣。千载石犹完。金山产花岗石，石质优美，各地兴建大厦，多取材于此。

苏州好，来作太湖游。浩淼烟波三万顷，奇峰七二似螺浮。好放木兰舟。

苏州好，来作太湖游。水上人家争结网，烟波出没打鱼舟。渔唱满汀洲。

苏州好，来作太湖游。山峙东西如拱璧，嘉禾嘉果庆丰收。胜似武陵洲。太湖上有洞庭东西二山，物产丰饶，得天独厚。

苏州好，嘉果满东山。万树枇杷千树栗，杨梅掩紫橘流丹。我欲当盘餐。

苏州好，茗碗有奇珍。嫩叶喷香人吓杀，纤茸浮昱碧螺春。齿颊亦留芬。洞庭山名茶碧螺春，原产碧螺峰，当年初发见时，山民惊其香，因称之为“吓杀人香”。

苏州好，买棹到西山。第九洞天林屋洞，金庭玉柱付沈埋。今古费疑猜。林屋洞为洞庭西山名胜之一，号称“第九洞天”。旧时相传有金庭玉柱等等，因从未有人深入其中，不可究诘。

苏州好，寻胜石公山。风弄开张成一线，剑楼挺拔作层峦。登眺莫辞难。洞庭西山名胜，以石公山为最，上有剑楼，高耸四五丈，崖石中裂，分为五弄，而以风弄为最著，俗称“一线天”。

苏州好，来作石湖游。天镜阁中寻古迹，行春桥畔弄轻舟。串月待中秋。宋代范成大尝就湖畔建别业，中有天镜阁，遗址犹在。行春桥近在咫尺，有环洞九，每年中秋节届，万人空巷，来此观串月。

苏州好，来作石湖游。喜看楞伽栽果木，浮屠掩映绿阴稠。弥望有田畴。楞伽山一名上方山，四周新栽果树，林林总总，蔚为大观。山上有塔，凡七级，旧日香火极盛，今已稍替。

苏州好，荷宕泛轻艭。密叶田田翠作盖，繁葩簇簇玉为裳。四远散芬芳。葑门外有“荷花宕”，遍植荷花，多作白色，乡人以莲蓬与藕供应城市，作为副业。

苏州好，水产出南塘。茭白红菱多隽味，鸡头莲藕有清香。不厌百回尝。

苏州好，古塔自峥嵘。北寺魁梧如壮汉，虎丘苍劲似高僧。千载作良朋。北寺塔与虎丘塔近在城郊，遥遥相对。

苏州好，双塔峙城闉。形影相依如手足，沧桑阅尽返青春。顾盼有精神。双塔位于城内定慧寺巷，建自宋代，塔皆七级，不能登陟，前因年久失修，岌岌欲危，三年来大加整修，今已焕然一新。

苏州好，宝带一长桥。五十三环环作洞，迎来送往万千艘。朝暮不辞劳。宝带桥在葑门外六里许，横跨澹台湖与运河上，计长一千二百馀尺，有五十三环洞。

苏州好，义士墓重新。振臂一呼褫奸魄，流芳千古勒贞珉。侠骨自嶙峋。虎丘山塘有五人之墓，新加整修，明代为仗义诛奸而牺转之义士周文元、颜佩韦、杨念如、马杰、沈扬等五人合葬于此。

苏州好，群慕葛贤名。除暴锄奸搴义帜，罢工抗税树先声。虽死尚如生。五人墓畔，有葛贤墓，明代率领丝织工人罢工抗税之葛成，长眠于此。

苏州好，烈士墓长存。归宿横山埋铁骨，千秋万世奠忠魂。正气满乾坤。横塘附近之横山，有烈士墓，安葬革命烈士与牺牲在抗美援朝战场上的志愿军英雄。

苏州好，闹市是城心。玄妙观中陈百戏，三清殿外起欢声。老子亦移情。玄妙观为道教圣地，位于城之中心，繁盛称最，殿宇十数，以三清殿为主体，壁间有石刻老子像，云系唐代吴道子手笔。

苏州好，处处有园林。古木葱茏长挺立，奇峰崱屴好登临。万虑不萦心。

苏州好，濯足有沧浪。面水观鱼鱼活跃，藕花榭外藕花香。一片水云乡。沧浪亭以水胜，面水轩、观鱼处、藕花小榭等，皆临水而筑。

苏州好，濯足有沧浪。五百名贤馀韵在，文章经济尽琳琅。桑梓永流芳。沧浪亭有五百名贤祠，壁间有石刻，皆名贤遗像，足资观感。

苏州好，游息到狮林。吐月含晖都入画，问梅指柏自成吟。真趣此中寻。狮子林假山独多，山上有含晖、吐月诸峰，建筑物有同梅阁、指柏轩等。“真趣”二字为清帝乾隆所题，制为匾额，今尚存在。

苏州好，游息到狮林。攒蹙缅连山逞巧，盘旋往复路难寻。一步一沉吟。狮林假山，云由元代名画师倪云林、朱德润等所设计，回环曲折，路复山重，游人穿行其间，往往误入迷途，而引为笑乐。

苏州好，拙政好园林。四面荷风三面水，红裳翠盖满池心。炎夏惬幽寻。园之中部，有亭曰“荷风四面”，居高临下，为赏荷胜处。

苏州好，拙政好园林。卅六鸳鸯成对对，浴波戏水结同心。池馆蓄文禽。卅六鸳鸯馆面临广池，池中蓄鸳鸯十馀对，拍浮为乐。

苏州好，拙政好园林。盆盎盈庭花簇簇，潇湘一阁竹森森。到处有清阴。留听阁一带，罗列花木盆景无数，丰富多采。“潇湘”一角为种竹处。

苏州好，拙政好园林。轩宇玲珑如展扇，与谁同坐有知音。于此可横琴。西部有小轩作扇面形，别创一格，榜曰“与谁同坐轩”。

苏州好，拙政好园林。月榭星台新布置，东西结合更幽深。放眼豁胸襟。园之东部拓地二十馀亩，鸠工庀材，布置一新，从此与中部东部互相结合，更见幽深宽广。

苏州好，拙政好园林。民不能忘垂百载，忠王伟绩感人深。歌颂到如今。太平天国忠王李秀成，曾开府于此。

苏州好，南郭网师园。渔隐潭西濠上乐，濯缨水阁俯深渊。钓月可垂竿。“潭西渔隐”与“濯缨水阁”，临水建筑，均为园中胜处。

苏州好，南郭网师园。月到风来尘虑涤，看松读画两相欢。眼界一时宽。“月到风来亭”在水崖高处，可以挹清风、迎明月。“看松读画轩”为园中主要建筑物之一，庭前有古松，苍翠欲滴。

苏州好，留客有留园。仙苑停云楼上望，狮山虎阜各巑岏。如展画图看。冠云峰之背，有楼曰“仙苑停云”，登楼凭眺，虎丘、狮子山皆在望。

苏州好，留客有留园。杨柳风来风飒爽，梅花月上月团圞。尘想一齐捐。“杨柳风来”、“梅花月上”，为园中小阁匾额上隽语。

苏州好，留客有留园。三个云峰俱屹屹，冠五中峙最便娟。玉立倚云端。园中有湖石三奇峰，曰“冠云”，曰“瑞云”，曰“岫云”，而以中峙冠云峰为最美。

苏州好，留客有留园。别有一天林壑美，秋深霜叶尽成丹。宜向月中看。“别有天”在园之西部，其间垒土叠石为丘，起伏有致。上有群枫林立，俱已苍老，枫叶经霜而赤，足供吟赏。

苏州好，游涉到西园。罗汉投闲无所事，何如活动有群鼋。池上共追欢。西园有罗汉堂，供奉罗汉五百尊。园中有广池，时见群鼋出没。

苏州好，游赏入怡园。螺髻亭中宜逭暑，藕香榭外万荷攒。花叶各娟娟。假山最高处有“螺髻亭”，遥对“藕香榭”，榭外有荷花池，入夏池荷齐放，香远益清。

苏州好，游赏入怡园。一叟听琴神态活，屏风三叠亦巑岏。巧样耐人看。园中多奇峰怪石，“石听琴室”外有一巨石如老叟，作倾听室内操琴状。假山上有三石并峙，相互凑合，浑成自然，名之曰“屏风三叠”。

苏州好，游赏入怡园。云外婆娑丛桂放，披香散馥沁心肝。秋色也堪餐。园中心有亭，曰“云外筑婆娑”，周遭植桂树，仲秋花放，一园皆香。

苏州好，游赏入怡园。松籁阁中松籁寂，碧梧栖凤自相安。仿佛是仙源。园之西偏，有“松籁阁”，其下为“碧梧栖风轩”。

苏州好，环秀一山庄。幽壑危崖摩诘画，天然粉本不寻常。端合谱无双。环秀山庄中有假山绝胜，出乾嘉间巨匠戈裕良手，幽壑危崖，奇峰绝壁，可与真山媲美。

苏州好，古寺说寒山。小泊枫桥眠正熟，钟声破梦夜漫漫。张继赖诗传。寒山寺因唐张继《枫桥夜泊》一诗，蜚声海内外，张继亦因此诗而名传后世。

苏州好，好个惠荫园。鬼斧神工小林屋，洞深疑有老龙蟠。六月不胜寒。惠荫园有人造岩洞，曰“小林屋”，洞壑幽深，疑非人境，与环秀山庄之假山可称双绝。

苏州好，风气大翻新。纸醉金迷成劣迹，男勤女俭作端人。温饱不忧贫。

苏州好，仪表百般精。巧匠心如毫发细，更凭十指似通灵。令誉满寰瀛。

苏州好，刺绣有神针。虔绣领袖毛主席，千丝万缕表丹忱。不忘受恩深。

苏州好，刺绣有神针。绣出宗邦如锦簇，千山万水尽英灵。寸寸是瑶瑛。

苏州好，刺绣有神针。鱼跃鸢飞浑欲活，叶舒花放宛如生。造化是师承。

苏州好，刺绣喜翻新。簇簇花绒都焕彩，丝丝云发也传真。巧手傲针神。绒线绣与发绣，并皆佳妙。

苏州好，妙绝缂丝工。真个运丝如运笔，木机挑织显神通。恍与画交融。缂丝一称刻丝，为苏州特种手工艺，以木机从事工作，手足并用，挑织极为细致。“运丝如运笔”系明代文彦可对北宋刻丝名工朱克柔作品之评语。

苏州好，巧匠织丝绸。簇锦团花光焕烂，披云剪月质轻柔。衣被遍神州。

苏州好，檀扇手频摇。风送奇香疑暗麝，神传妙笔画轻绡。画个女英豪。

苏州好，檀扇自堪夸。密缕细针雕作骨，电烫火燔绘为花。画笔不须加。檀香扇骨雕镂甚工细，而扇面亦有运用电流与炭火作画者，别成一格。

苏州好，木刻久知名。细镂工雕疑鬼斧，桃花坞里响丁丁。版画一般精。桃花坞木刻，历史悠久，为苏州著名手工艺之一。解放后，翻新花样，益见精工，可与群众爱好之版画争胜。

苏州好，智慧属工农。操作群谋机械化，运输争接一条龙。增产建殊功。

苏州好，艺苑百花开。佳作常从田岸出，宏篇多自厂房来。劳动炼奇才。

苏州好，文苑出新人。双目难瞑求一饭，不常回首旧酸辛。妙笔写情真。苏纶纱厂女工王月华，就其旧时亲身经历，创作短篇《一顿饭》，新旧对比，描写真切，自在报端发表后，传诵一时。

苏州好，顾曲爱苏昆。看袜闻铃难补恨，游园惊梦喜还魂。妙唱遏行云。《看袜》、《闻铃》，为《长生殿》中之二折；《游园》、《惊梦》，为《牡丹亭》中之二折，昆曲艺术常有演出。

苏州好，顾曲爱苏昆。受吐油郎能解意，分金神女不嫌贫。弦管亦温馨。著名苏剧《花魁记》，表演卖油郎独占花魁女事，《受吐》为剧中之一折。

苏州好，艺事数评弹。妙算神机推诸葛，老奸巨猾骂曹瞒。三国万人传。《三国》为著名评话之一。

苏州好，艺事数评弹。艳史敷陈唐伯虎，良朋牵率祝枝山。三笑逗人欢。《三笑》为著名弹词之一。

苏州好，妙手写丹青。河岳英灵山水秀，革命红旗齐翻腾。彩笔亦峥嵘。

苏州好，妙手写丹青。不写捧心西子态，写来巾帼有豪英。缣素沾馀荣。

苏州好，妙手写丹青。不写闲花和野草，写来五谷正争荣。岁岁祝丰登。

苏州好，踵接食堂门。一日三餐都供应，饭香菜热四时春。服务总劳神。

苏州好，里巷树雄风。厨下脱身工厂去，操劳终日力无穷。争取立丰功。

苏州好，妇女出闺房。莫道红妆多弱质，肩挑车运力能当。巾帼也堂堂。妇女解放后，从事劳动生产，或入工厂，或下农村，肩挑车运，健步如飞。

苏州好，食谱著南东。松鹤楼头人似织，工农鼓腹乐融融。肴核味无穷。餐馆以松鹤楼为最著，创业以来，已有二百馀年之历史，近年来，工农群众亦多就食于此。

苏州好，好个采芝斋。松子胡桃精选剔，糖霜蜜露巧安排。风味十分佳。

苏州好，生活也关怀。鸭阵鸡群如雨集，羊栏猪舍似珠排。蔬菜十边栽。

苏州好，歌颂不嫌频。四十年前初旭现，今将词笔代桃尊。聊以祝千春。

（《拈花集·苏州好》，上海文化出版社1983年6月初版）

广州花市

千红万紫盈花市，尽是新春跃进花。修到年年花里活，白云山下好为家。

1960年

（《拈花集·千红万紫盈花市》，上海文化出版社1983年6月初版）

六十条农业纲要颁布，怦然心动而有投笔务农之想

少日常为文字饮，未应暂动又还休。荷锄已是馀生事，摒挡浮名办一丘。

一饭从谁徐讨论，停辛伫苦不辞难。天教小试锄犁手，报答东风只肺肝。

百年多难若为情，历劫逃虚不近名。老去勤农宁惜力，明朝叱犊事深耕。

1961年3月

（《姑苏书简·人间可羡惟田亩》，新华出版社1995年5月初版）

和友人尤质君《虎丘访古》

虎阜名高亘古传，一丘一壑总心牵。冷香阁下停华毂，绿水桥边系画船。百尺清泉仍湛若，千年古塔尚巍然。却因放眼还嫌窄，愿欲从君泰岱巅。

1961年3月

（《拈花集·访古虎丘山》，上海文化出版社1983年6月初版）

雁荡山杂咏

神驰二十五春秋，幽壑奇峰梦里游。范水模山些子景，何妨看作大龙湫。元代高僧韫上人能作盆景，称为些子景。

千岩万石如棋布，移步换形各逞妍。一路情殷劳指点，使君舌上粲青莲。

簇簇群峰围古寺，陆离光怪总堪思。爱他一柱擎天表，卓立千秋绝代姿。

听风听雨入雁山，二灵端的是灵山。群峰排闼如留客，底事回头恋故山。

1961年5月

（《行云集·听雨听风入雁山》，江苏人民出版社1962年11月初版）

雁荡山大龙湫

神龙游戏人间世，攫日拏云扫俗气。破壁飞腾容有日，和平建设正需君。

1961年5月

（《行云集·欲写龙湫难下笔》，江苏人民出版社1962年11月初版）

赠倪丕柳、张友孚两同志

老子婆娑半白头，相随形影共绸缪。情长恰似龙湫水，日夜牵心日夜流。

1961年5月

（《行云集·欲写龙湫难下笔》，江苏人民出版社1962年11月初版）

悼梅词

梅兰芳同志突然去世了，笔者叨在契末，心情十分沉重，抚昔思今，低徊不尽。像兰芳同志的艺术和品德，是永远值得我们悼念，而不为时间所冲淡的，作《悼梅词》十二首，以表微忱。

清歌妙舞倾天下，独饮香名五十年。此日盖棺先入党，应无遗憾到重泉。

梅花开在百花先，雹碎春红落大千。半世辛劳应小憩，何妨直入九重天。

昔年戏作探梅记，谁分而今忽悼梅。天女散花花尽萎，洛神只向梦中来。

仓卒如何赋远游，欲留君住苦难留。夜台此去多良伴，法曲赓和有砚秋。前三年去世的程砚秋同志，跟兰芳同志志同道合。

八年亮节硁硁守，誓不低头不辱身。舞衫歌扇都谢却，独撑傲骨作完人。

见说唐宫多艳事，管弦传唱自纷纷。贵妃醉酒盈千百，绘影绘声独数君。

止渴何从更望梅，人天永隔一低徊。欣看绝艺登银幕，唱彻游园惊梦来。彩色电影艺术片《游园惊梦》。声容并茂，是他最后的杰作。

应是童颜鹤发人，却于画里幻天人。丰容盛鬋春长在，夐绝红氍绝代人。《游园惊梦》一片中，兰芳同志化装绝美，俨似少艾，不像是六十多岁的老年人。

彬彬有礼尊先辈，善诱循循爱后生。似此懿行能有几，弥天际地见丹诚。例如他对同行前辈刘景然的多方照顾，对同行后辈汪志奎的尽力提携，像这样的事例很多，使人深为感动。兰芳同志的美德，在艺人中是绝无仅有的。

物在人亡倍怆神，只从画里唤真真。生天愿祝无量寿，他日重来示现身。

此别匆匆殊突兀，未应长与世相违。人间远比天堂好，游倦还期早赋归。未必有此事，何妨作此想。

天马行空君已去，我如歧路一亡羊。还须努力攻文事，歌颂宗邦万代昌。兰芳同志生肖属马，我生肖属羊，相差只一岁；但我决不因他去世而自馁，还要努力从事文艺工作，为社会主义建设服务。

1961年8月

（《拈花集·寄亡友梅兰芳同志》，上海文化出版社1983年6月初版）

游宜兴善卷洞，以“一片飞云掩洞门”作辘轳体

一片飞云掩洞门，洞中云气净无痕。忽闻雷响来岩底，九迭流泉壑口奔。程小青。

在山泉冷出山温，一片飞云掩洞门。奇秘如何关得住，依然斧凿到乾坤。范烟桥。

谒来仙洞纵游眺，洞里乾坤罗众妙。一片飞云掩洞门，应知洞外江山好。周瘦鹃。

1961年9月

（《行云集·双洞江南第一奇》，江苏人民出版社1962年11月初版）

祝英台读书处

英台遗迹认依稀，莫管他人说是非。难得情痴痴到死，

化为蝴蝶也双飞。

碧藓庵里读书堂，佳话争传祝与梁。遮莫相思红泪落，年年岩壁发秋棠。

1961年9月

（《行云集·双洞江南第一奇》，江苏人民出版社1962年11月初版）

和叶剑英同志题《嘉宾题名录》

叶剑英同志年来曾三次光降苏州，也三次光降小园，在我那本《嘉宾题名录》上题了两句诗："三到苏州三拜访，周园盆景更新妍。"他是个诗人，也爱好花木，似乎欣赏我那些平凡的盆景，才下了"更新妍"三字的评语。后来我就用他的"妍"字韵来赋诗答谢。

元戎三度降云軿，花笑鸟歌大有年。不是寒家盆景好，江南风物本清妍。

1961年

（《拈花集·盆盎纷陈些子景》，上海文化出版社1983年6月初版）

西江月·勖退休某老友

举国争传跃进，居家应有知闻。红旗竞赛一重重，心志能无鼓动。　　早岁出瘿尘网，暮年退拥书城。济世也仗老成人，那许巢由隐遁。

1961年

（《周瘦鹃研究资料》，王智毅编，天津人民出版社1993年3月初版）

南国行

羊城我是重来客，举目南溟万象新。三面红旗长照耀，花天花地四时春。

榆林港外看恬波，叶叶风帆栉比过。洗尽俗尘三角斛，海天啸傲一高歌。榆林港鹿回头。

鹏抟千里来琼岛，瑶草琪花尽是春。掉臂游行经七日，此身恍已隔红尘。海口。

竹庄才看萧萧竹，更向松园抚稚松。我住湖滨凌碧水，琳宫贝阙一般同。

一脉温泉真绿净，解衣旁薄浴于斯。醍醐灌顶无馀垢，快意生平此一时。从化。

1962年2月至3月

（《行云集·举目南溟万象新》，江苏人民出版社1962年11月初版）

羊城除夕团圆饭

团圆饭上，席卡错将“鹃”字作“娟”，料不到皤然一老，今晚上竟变做了婵娟，少不得要“翠袖殷勤捧玉钟”了。

琼筵开处欢情畅，一样团圆在异乡。六十七年如梦过，那知今夕变红妆。

1962年2月4日

（《拈花集·迎春时节在羊城》，上海文化出版社1983年6月初版）

南国赏花词

春节前薄游广州，偶值陈叔通前辈于羊城宾馆，为道南来看花，意兴飚举，因赋诗志快，有“最爱无花不是红”之句，盖游踪所至，看花多作胭脂色也。予周游羊城、佛山、湛江、从化以至海南岛诸地，历时半月馀，看花多矣，自谓老眼无花，与叔老殊有同感，因取其句，率成小诗十绝，以博爱花者一粲。

最爱无花不是红，羊城处处有春风。当年碧化苌弘血，此日花妆分外浓。广州公社烈士陵园，别称红花岗公园，园中多以红花作点缀，殆即为诸烈士碧血所化之象征欤？

最爱无花不是红，东风催放百花红。他乡故旧相逢好，六尺昂藏一品红。象牙红原为旧识，一名一品红，此间皆作地栽，无不茁壮可喜，竟有繁枝挺秀，高出人家墙外者。

南溟景色原如画，最爱无花不是红。犹有碧桃慵未放，紫荆先自笑春风。广州越秀公园与从化温泉区，夹道大树离立，干高叶巨，着花如小喇叭，作玫瑰红色，据云原名紫荆花，与苏沪所见花小如粟子而密附树枝上者，迥不相同。斯时碧桃尚未盛开，而此花则烂然怒放矣。

最爱无花不是红，六街花市喜追从。牡丹弄巧先春发，滴粉搓脂点染工。除夕广州花市上，有牡丹多株，花颇肥硕，或紫或红。此间花农，不用温室催花，而以经常灌水曝日为之，所费心力多矣。

最爱无花不是红，海棠低亸似娇慵。桃僵李代浑闲事，芍药权将大丽充。广州芍药绝少，花市上有红、紫各色大型花标名芍药者，实皆大丽也。或云广州人以大丽为芍药，由来久矣。

最爱无花不是红，岭南浑似绮罗丛。吊钟花放催春到，应有钟声度九重。吊钟花为岭南所独有，花作粉红或桃红色，亦有白色者，一花六七蕊，多至十二蕊，开放后下悬作钟形，故名。

最爱无花不是红，黄花也爱弄新红。昨宵花市曾相见，一笑嫣然脸晕红。花市上所陈菊花，五色缤纷，而以红色者为尤艳，纵使渊明再生，亦将瞠目不相识矣。

十分春色弥琼岛，最爱无花不是红。橡树椰林齐结缘，胭脂浓抹绿阴中。海南岛多橡树椰林，往往见有一品红、爆仗花等掩映其间，令人有“万绿丛中一点红”之感。

最爱无花不是红，偏教没福见梅公。那知荔树蕉阴里，却有寒香发几重。南来未见梅花，引为遗憾，无意中忽于从化温泉区得之，凡十馀株，皆为宫粉梅，有含蕊者，有怒放者，有已发叶茂密者，真奇观也。

最爱无花不是红，纷罗眼底尽嫣红。花名花性多难识，愧未专深愧未红。南来看花，多为奇葩异卉，见所未见，花名花性，悉茫无所知，自愧种花多年，而浅见薄识，去红透专深之境远矣。

1962年3月

（《行云集·举目南溟万象新》，江苏人民出版社1962年11月初版）

和天笑前辈

老去童心喜未消，花间常逐蝶儿飘。何妨变个吴娘艳，压倒江东大小乔。

1962年4月30日

（《拈花集·寄侨居海外的女儿》，上海文化出版社1983年6月初版）

中秋节联欢戏改“月儿弯弯”民谣

月儿圆圆照九州，家家欢乐不知愁。家家夫妇同罗帐，没个飘零在外头。

1962年9月13日中秋节

（《姑苏书简·两个佳节》，新华出版社1995年5月初版）

苏州开明剧院昆曲观摩演出

平生顾曲爱苏昆，玉振金声殢梦魂。难得群英来会爨，长留馀韵在吴门。

百花齐放竞翻新，旧曲霓裳亦可珍。但愿师传传久远，继承世世祝长春。末二句中，嵌入“传”、“继”、“世”、“承”四辈艺人。

1962年12月

（《姑苏书简·阳春白雪满苏州》，新华出版社1995年5月初版）

咏张继青饰《痴梦》崔氏

当年不耐牛衣泣，此日应教梦寐痴。难得青君工刻划，一颦一笑自成诗。

1962年12月

（《姑苏书简·阳春白雪满苏州》，新华出版社1995年5月初版）

春节前后，两次敬老会感赋

新猷新运一番新，新谷新蔬百样新。六亿神州团结好，街歌巷舞共迎新。

迎春花好好迎春，迎得春来万象春。伫看春城春浩荡，春先共祝四时春。

百花齐放喜迎春，紫姹红嫣别样春。祖国新生人不老，白头欢聚满堂春。

1963年1月

（《姑苏书简·迎得春来万象春》，新华出版社1995年5月初版）

春节“壶碟会”题画

题岁朝清供

岁朝清供费经营，花果纷陈各向荣。装点河山无限好，笔歌墨舞庆升平。

题十分春色

江山如画世无俦，万紫千红笔底收。愿祝新春新运好，花团锦簇看苏州。

浣溪沙·题岁寒三友

铁干虬枝百尺高。独标劲节傲群曹。管他雪虐与风饕。映日绮梅何健美，拂云修竹自飘萧。乔松来作岁寒交。

1963年1月

（《姑苏书简·迎得春来万象春》，新华出版社1995年5月初版）

周恩来总理来访志谢

华灯初上日初斜，瑞霭祥云降我家。自是三生真有幸，蓬门来驻使君车。

殷殷促膝话家常，读画看花兴倍长。三沐三熏温暖甚，一时春满爱莲堂。

吴市群黎笑靥开，欣逢人日有人来。奈何高弱留难住，行色匆匆带月回。是日为农历正月初七，古称人日。

1963年1月31日

（《拈花集·一时春满爱莲堂》，上海文化出版社1983年6月初版）

一九六二年四月十五日恭承毛主席召见，并呈《学步集》祈正

难忘四月十五日，仿佛飞升入九天。幸接羲和温百体，不须羽化已登仙。

再造乾坤夺化构，却容前席渥亲仁。谁知身历玄黄劫，

初识人间浩荡春。

1963年4月15日

（《拈花集·初识人间浩荡春》，上海文化出版社1983年6月初版）

纪念毛主席召见一周年

难忘四月十五日，蝶舞莺歌又一春。寸寸心波浑欲话，怀仁堂上再相亲。

1963年4月15日

（《姑苏书简·难忘四月十五日》，新华出版社1995年5月初版）

朝鲜石榴花盆栽

一盆灿灿如堆锦，端的人工夺化工。装点年年红五月，红旗辉映石榴红。

1963年5月

（《姑苏书简·笔墨生涯鳞爪》，新华出版社1995年5月初版）

谢朱德委员长赠兰蕙

兰蕙争荣压众芳，滋兰树蕙不寻常。元戎心事关天下，要共群黎赏国香。

雪兰夏蕙生巴蜀，喜见分根到我乡。此日拜嘉勤养护，年年香溢爱莲堂。

1964年1月11日

（《拈花集·年年香溢爱莲堂》，上海文化出版社1983年6月初版）

参观光福潭山硫铁矿

不辞风雨入潭山，矿井蚁行路几弯。壮志雄心深体会，从无到有历辛艰。

欣看硫铁满山丘，胜似琳琅聚十州。争取化肥千万吨，年年五谷庆丰收。

1964年3月

（《姑苏书简·壮志雄心体会深》，新华出版社1995年5月初版）

庆祝金静芬、沈金水、龚福琪
艺术生活六十五周年志感

百苦千辛去似烟，欣逢舜日与尧天。灵心巧手多收获，愿祝苍松老更妍。

1964年

（《姑苏书简·愿祝苍松老更妍》，新华出版社1995年5月初版）

偶　感

二月一日，工艺美术局在拙政园玉兰堂召开座谈会征求意见，我为了要到上海去参观人民公园的“百花齐放盆景展览会”，不能参加。送去了两首诗，以表微忱。

三面红旗心上舞，吴中姊妹气吞吴。舒将绣凤描龙手，巧制翻天覆地图。

四卷雄文能活用，千针万缕更精纯。红心深入毫芒里，绣出神州浩荡春。

1965年1月31日

（《姑苏书简·绣出神州浩荡春》，新华出版社1995年5月初版）

乙巳岁朝口占

去岁春光好，今年春意浓。农田歌大有，遍地展东风。

五色缤纷里，鲜红映紫穹。江山凭点染，彩笔属毛公。

1965年2月2日

（《姑苏书简·春到人间万象新》，新华出版社1995年5月初版）

苏州解放十六周年记感

廿年苛政煎熬苦，解放军来乐自由。杨柳春风刚四月，红旗招展下苏州。

1965年4月27日

（《姑苏书简·苏州新样十六年》，新华出版社1995年5月初版）

题费新我画程小青骑自行车小像

少年意兴踏车来，老去依然力未隤。我自望尘追可及，敢将健步傲风雷。

吴中白下又春申，处处丹青喜出新。蓦见卷头光烨烨，分明画里吐琼珣。

1965年春

（手迹）

甫桥西街赞

旧时窄似羊肠道，今日大街众口夸。好是阳春三月里，沿街饱看碧桃花。

大道盘盘平似砥，女贞排队绿条条。机车电掣风驰过，喜煞新装老甫桥。

民居衔接如鳞次，西舍东邻似一家。打骂不闻闻笑语，长街风物更清嘉。

1965年春

（《姑苏书简·苏州新样十六年》，新华出版社1995年5月初版）

打油诗赞老甫桥

彻底翻身老甫桥，早非曲背复弯腰。看他坦腹朝天笑，车驾人流一力挑。

四海五湖来贵客，工农产品涌如潮。过车满载皆财富，台甫何妨改富桥。

倾盖论交卅四年，同看沧海变桑田。老夫双鬓今如雪，君却韶颜似少先。

1965年春

（《姑苏书简·苏州新样十六年》，新华出版社1995年5月初版）

打油诗赞甫桥西街

西街今日成仙界，锦簇花团草木灵。羡煞琼楼高百级，安居福禄寿三星。八十七岁的教育家费朴盦、八十七岁的蚕桑丝绸专家郑辟疆、七十七岁的艺兰专家刘松岩，均住甫桥西街。

群众熙熙笑口开，般般福利出鸿裁。忠心耿耿埋头干，都为人民服务来。

我曾长在西街住，今日方知受惠多。成就都因听党话，西街新貌足讴歌。

1965年春

（《姑苏书简·苏州新样十六年》，新华出版社1995年5月初版）

登沈禹钟兄春胜楼

平居原欲凌霄去，楼阁三层总觉低。愿乞彩绳长百丈，架空好作上天梯。

仙山楼阁绝尘氛，天际真人或是君。步步登高心自定，正如步步上青云。

1965年5月1日

（《姑苏书简·花笑鸟歌五月天》，新华出版社1995年5月初版）

到上海

老子婆娑多逸兴，沪滨策杖喜留连。新词合谱江南好，花笑鸟歌五月天。

1965年5月2日

（《姑苏书简·花笑鸟歌五月天》，新华出版社1995年5月初版）

国节庆抒怀

休因老大叹无成，爝火微光亦照明。我舌犹存应呐喊，人间正义共支撑。

休因老大叹无成，毛选端宜学习精。汲取良箴能活用，是非敌友悉分清。

休因老大叹无成，忆苦思甜爱晚晴。料得后生多昧昧，还须历历说分明。

休因老大叹无成，好把雄心励后生。许国何嫌千里隔，边疆驰骤各争荣。

休因老大叹无成，心志还如日月明。大敌当前应有备，厉兵秣马树先声。

休因老大叹无成，国庆年年总动情。如此江山千万好，歌功颂德献丹诚。

1965年10月

（《姑苏书简·每逢佳节倍思亲》，新华出版社1995年5月初版）

访南门外娄葑公社联合大队建新村

农村天地日光昌，作画赋诗兴味长。新事新人收笔底，一诗一画尽琳琅。

建新村里力田忙，结队支农各老苍。山芋掘来如斗大，画师图像喜封王。

1965年冬

（《姑苏书简·热情洋溢度寒冬》，新华出版社1995年5月初版）

田边绝句

白发满堂意兴遒，共听书记话丰收。眼前密密黄金穗，仿佛迎人笑点头。参观农作物，并听联合大队陈书记报告。

农垦五八稻种名，朝鲜菜，增产粮油总夺标。六一年来年景好，一年还比一年高。陈书记列举一九六一年来稻、麦、油菜增产数字，历历如数家珍。

黄云遍地兆丰收，亩产千斤百不忧。赢得村人齐鼓舞，龙腾虎跃战三秋。

观光公社等秋游，欲效微劳自可求。大蒜摘来忙整理，恍如翠带舞田头。同人中有男女二十馀众，争助社员摘取大蒜并加整理，藉以表示薄效微劳之意。

1965年冬

（《姑苏书简·热情洋溢度寒冬》，新华出版社1995年5月初版）

虞山绝句

机车辘辘出苏城，好景无边眼底呈。五十一人心合一，虞山如画笑相迎。

虞山绿化辟林场，花果纷陈十里香。更有玲珑些子景，盘龙堕马作华妆。

林场多产兼多彩，如火如荼分外嘉。疑是云霞裁作锦，老鹃看杀杜鹃花。虞山林场。

形势当前灿如霞，佳肴旨酒尽堪夸。老来蔗境甜何似，血糯亲尝王四家。王四酒家。

尚湖滟潋镜般明，锦严依稀贴岸平。黄是菜花青是麦，嵌空一片紫云英。尚湖。

拂水桥上看拂水，东南风起喜交加。分明万里无云日，涧底飞来小雨花。藏海寺拂水桥。

百尺巉岩气势尊，猱升绝顶舞蹲蹲。老夫犹有凌云志，未肯低头让剑门。剑门。

技术年来大革新，工人智慧自超伦。要知小处灵机动，福国利民夺化钧。技术革新技术革命展览会。

招邀隽侣入园林，笑语茗边看绿石。石自卷云人自逸，听风听水更听心。虞山公园。

1965年

（《姑苏书简·虞山如画笑相迎》，新华出版社1995年5月初版）

题老友吴明霞册

白头相对诉衷情，文字交深过半生。祖国更新人不老，夕阳辉映晚霞明。

1965年

（《姑苏书简·祖国更新人不老》，新华出版社1995年5月初版）

改陆澹安《襄阳公园茗叙晚归》

隽游喜谱襄阳乐，茗人欢肠作暖流。日暮欣然归去也，笑登吟阁涤春愁。

1965年

（《姑苏书简·祖国更新人不老》，新华出版社1995年5月初版）

和包天笑前辈《有怀吴门四老》

陌上行吟喜有秋，春来烟景焕长洲。青山不老天非小，笑向溪桥洗旧愁。

1965年

（《姑苏书简·九十老人三鼎足》，新华出版社1995年5月初版）

寄包天笑前辈

人杰当然地亦灵，苏州跃进未曾停。万千成就包天笑，意谓苏州的成就特多，包管老天爷看了也要笑。笑倒南天老寿星。

周旋花木劳筋骨，非复当年太瘦生。喜值明时鹃亦笑，从今不作断肠声。

1965年

（《姑苏书简·九十老人三鼎足》，新华出版社1995年5月初版）

再寄包天笑前辈

包罗万卷入胸中，啸傲南天夕照红。闲里行吟欢里笑，杏花香里醉东风。

1965年

（《姑苏书简·九十老人三鼎足》，新华出版社1995年5月初版）

和徐碧波兄《怀友小唱》

小桥苑转袅晴烟，岸柳凝青映碧天。笑对秋江歌窈窕，踏波归去擘吟笺。

1965年

（《姑苏书简·九十老人三鼎足》，新华出版社1995年5月初版）

沈禹钟兄幼女参加新疆建设，作三绝句寄沈老

平生亦似作雄飞，白发相催力已微。恨煞儒冠终误我，羡他娇女着戎衣。

焉耆三月自堂堂，垦殖真如上战场。地力无穷心为国，看渠双手尽文章。

眉宇英英含爽气，精神奕奕傲凡夫。而翁才力犹强健，定有新诗宠掌珠。

1965年

（《姑苏书简·边疆驰骋各争荣》，新华出版社1995年5月初版）

鼓励外孙女华远赴新疆，成为农垦战士

老来羡煞少年场，万里鹏抟尽向阳。遥望玉门关外路，连宵飞梦到新疆。

此行端不负韶华，填海移山志可嘉。奏凯归来容有日，阿爹为尔缀红花。

1965年

（《姑苏书简·边疆驰骋各争荣》，新华出版社1995年5月初版）

偕夫人随顾公硕等光福赏残梅兼作春游

春意盎然香雪海，丛丛馀雪满山铺。梅君自是多情甚，留得残花慰老夫。

1966年3月

（《周瘦鹃研究资料》，王智毅编，天津人民出版社1993年3月初版）

延安颂

妙算神机举世惊，驰骤陕北任纵横。擎天一柱杨家岭，长系千秋万古情。

自有胸中百万兵，盘根错节更坚贞。停辛伫苦劬劳甚，救国何曾计死生。

灰条黑豆兼藜藿，一日三餐作大烹。食苦茹荼磨炼惯，终凭赤手拯苍生。

1960年代

（《拈花集·具体而微的宝塔山》，上海文化出版社1983年6月初版）

咏储蓄歌

储蓄储蓄，先要节约。七甏八盖，大可信服。积少成多，自然富足。有备无患，何等安乐。有利于己，有功于国。

1960年代

（《拈花集·七甏八盖》，上海文化出版社1983年6月初版）

盆景赞

盆盎纷陈些子景，裁红剪绿出新栽。一花一木都如画，装点河山好取材。

1960年代

（《拈花集·盆盎纷陈些子景》，上海文化出版社1983年6月初版）

梦天虚我生前辈

忽闻吴语杂吴讴，绣幕沈沈不上钩。记得三五明月夜，有人陶醉在楼头。

1960年代

（《姑苏书简·两个佳节》，新华出版社1995年5月初版）

写在父亲诗词集出版之际

周　全

1931年，父亲从上海到故乡苏州寻觅住宅，以作退隐的打算，在何氏废园发现一株磬口素心蜡梅和一丛紫罗兰，一见钟情，于是倾其半世卖文所得，买下了这座占地四亩的园宅，题名“紫兰小筑”。我知道父亲一生写了不少诗词，其中在园中吟唱，或关于故园的就有不少。我曾收集了一部分，希望有机会能为父亲出版一本诗词集。2011年，由范伯群先生主编的《周瘦鹃文集》出版，分小说、翻译、散文、杂俎四卷，限于篇幅和时间，缺了诗词卷，我感到十分遗憾。何文斌先生一直很关注父亲的创作和事迹，在故纸堆里爬梳，今年二月，他拿出了父亲诗词集的初稿；王稼句先生看过后，又作了大量增补，几近初稿的一倍，并对全书作了核校。这本《周瘦鹃诗词集》，收录了约一千三百首，时间跨度长，题材丰富，不仅反映了父亲的人生轨迹、思想情感，还体现了父亲的诗词造诣。今年是父亲一百三十周年诞辰，这本诗词集在稼句先生、简雄先生的支持和帮助下，即将由古吴轩出版社出版，我也终于可以释怀了。

父亲生于1895年6月30日（光绪二十一年闰五月初八），原名周国贤，笔名周瘦鹃，祖籍苏州，生于上海，毕业于上海民立中学高中部。父亲的一生勤奋刻苦，充满了传奇色彩。十六岁，将三篇笔记小说改编成八幕话剧《爱之花》，署名"泣红"，投商务印书馆《小说月报》被采用，这是父亲的处女作；十八岁，在《小说时报》发表小说《鸳鸯血》和译作《八万九千磅》，始用"瘦鹃"笔名，后成为他的常用；二十一岁，小说《亡国奴之日记》由中华书局出版，印成六十四开袖珍本，销行几十万册；二十三岁，翻译《欧美名家短篇小说丛刊》三卷，由中华书局出版，同年受到教育部通俗教育研究会褒奖，周树人、周作人兄弟在合拟的评语中认为，其"用心颇为恳挚，不仅志在娱悦俗人之耳目，足为近来译事之光"，"俾读者知所谓哀情惨情外，尚有更纯洁之作，则固亦昏夜之微光，鸡群之鸣鹤矣"；二十五岁，受《申报》总主笔陈景韩之约，为副刊《自由谈》特约撰述，在"小说杂谈"、"影戏话"专栏上发表文章，乃中国电影史上最早的较为系统的理论批评文献；二十六岁，接受史量才邀请，担任《申报》副刊《自由谈》主编。从十九岁正式"下海"，在文坛上经六七年的打拼，父亲从一位多产作家升迁为老牌著名大报的副刊主编。随后，父亲在《自由谈》中开辟《小说特刊》、《一片胡言》、《随便说说》、《三言二语》、《痛心的话》等专栏，由他执笔，主要针对政坛与时局等发言，为忧国忧民而语，并呼吁民众抵制日货。二十七岁时，父亲创办《半月》杂志，首创采用三十开本，力求新颖；不久又创办个人小杂志《紫兰花片》，月出一册，为六十四开袖珍本，玲珑小巧，插图紫罗兰色，所有文章都是他一人著译，出版后轰动一时。从此，父亲一边编报纸，一边担任《半月》、《紫兰花片》、《礼拜六》、《紫葡萄画报》、《紫罗兰》、《上海画报》、《良友》、《新家庭》、《中华》等杂志的主编。1932年12月，父亲担任《申报·自由谈》主编十二年零七个月的生涯就此终止。次年全家移居苏州，父亲每周两次到上海处理《申报》等事务，平时就在园中植树种花，潜心研究园艺，并与朱犀园等在苏州成立研究园艺的小团体——含英社。

1936年10月，父亲与鲁迅、茅盾、巴金、郭沫若、叶绍钧、郑振铎等二十一人联合发表《文艺界同人为团结御侮与言论自由宣言》。1937年苏州沦陷前夕，父亲携全家与东吴大学几位教授先后去浙江湖州南浔、安徽黟县南屏村避难三个月。返回上海后，经人介绍加入国际花卉组织中西莳花会，1939年参加第六十三届、六十四届中西莳花会展览，获总锦标赛英国“彼得葛兰爵士”大银杯，这是中国人第一次获奖，为国争了光。

父亲不担任《申报》副刊《自由谈》主编后，又被邀任《申报·春秋》副刊主编，连载推出秦瘦鸥长篇小说《秋海棠》，一编问世，不胫而走，后经改编，搬上舞台和银幕。1943年，父亲在《紫罗兰》上刊登张爱玲的处女作《沉香屑·第一炉香》，成为张爱玲走上文坛的伯乐。父亲五十岁时，在《紫罗兰》发表《爱的供状》，附《记得词》一百首，并将翻译小说结集《世界名家短篇小说全集》四卷，收入各国小说八十篇。至此父亲就搁笔了，在园中莳花养鱼，制作盆景盆栽，研究园艺，做起陶渊明、林和靖那样的隐士。1949年春，正是父亲进《申报》工作整整三十年，他写信给申报馆，辞去了设计委员的虚衔。

中华人民共和国成立后的1952年，父亲出任苏州市园林管理处副主任、江苏省文史馆馆员，后又当选苏州市人大代表和江苏省人大代表、全国政协委员，出任苏州市文物古迹保管委员会副主任。正像父亲所说："祖国获得新生，我也面向群众，于是陶渊明走出粟里，林和靖跑下孤山来了。"他参与了苏州留园、拙政园、网师园、沧浪亭、狮子林、怡园六个园林的修缮；应香港《大公报》之约，开始撰写散文小品，六十岁又动笔为新生活和新中国而放歌，先后出版了《花前琐记》、《花花草草》、《花前续记》、《花前新记》、《园艺杂谈》、《盆栽趣味》、《行云集》、《花弄影集》，还有一本《拈花集》，由父亲亲自选定，但由于众所周知的原因，直到1983年才出版。1962年，父亲应香港《文汇报》之约，开辟《姑苏书简》专栏，为书信体散文，后由我结集出版。父亲写花木的小品散文，深受读者喜爱，形成他晚年写作的又一个高潮。

父亲是个传统文人，又是一个中西文化合璧的先行者，是一个不断开拓创新的实践者。他最早编写剧本，推广文明戏，并参与男扮女装的演出；最早将高尔基《叛徒的母亲》翻译到中国，改名《大义》；最早将西方原声电影注上中文，在《申报·自由谈》副刊上介绍给读者；最早将古人画意融入盆景制作中，达到一种“无声的诗，立体的画”意境——传统文人盆景，后被拍成彩色电影纪录片《盆景》，在全国各地放映。

父亲一手执笔，自称“文字劳工”；一手莳花，自称“花的奴隶”。他热爱大自然，热爱生活，追求真、善、美。小时候，我总是看到父亲忙碌的身影，每天早晨第一件事是巡视花园，构思一天的花事，然后换上劳动服，带上草帽，开始一天的劳作，园中有大型、中型、微型、水石盆景八百多盆，每一盆都是他亲力亲为，经地培—栽盆—修剪—扎缚—造型—配盆架，制作好盆景后，还专请盆景师和画家来观赏提意见，及时修整。一年四季，我家花园是对外开放的，不同季节父亲在“爱莲堂”中举办各种盆景和盆栽展览，堂中的摆设和墙上的画都是应景的，不少爱好者纷至沓来，同行园艺家也都前来参观交流，只要父亲在家，一定亲自陪同参观，并请大家在《嘉宾题名录》上签字留念，叠起来的《嘉宾题名录》有二十多本，可惜都没有留下来。每天连吃饭时间，父亲也充分利用，一边看报刊，一边修剪餐桌上的微型盆景，有时还在报纸边条上做诗，或随手写在香烟壳纸的反面。晚上听完新闻广播后，父亲就上楼到自己的书房里开始写作，每次母亲送茶点上去，劝他早点睡，他总是说："欠外面的文债太多要还啊！"往往一直是通宵达旦。记得有一次，父亲在制作盆景，忽然唤我拿纸拿笔，递给他后，他脱下手套立刻就写，不一会儿见他拍着荷花缸哼着小调，我好奇地问母亲，母亲告诉我这是父亲在吟诵诗词。这种场景我在孩提时经常看到，后来也习以为常了。父亲晚年，创作了许多关于苏州和花草的诗词，结集了《学步集》（原稿已无从寻觅），又发表《望江南·苏州好》一百首。他常常在"紫兰小筑"举行不同形式的雅集，品茗交流，虚心听取各方面的建议，以博采众长。"闭门开出花世界，著书能斗月精神"，这是对父亲最真实的写照。

《周瘦鹃诗词集》即将问世，要感谢王稼句、何文斌两位先生搜集、整理的辛勤付出，感谢苏州日报社原社长简雄先生，感谢古吴轩出版社社长王乐飞先生、副总编辑陆月星女士，感谢编辑张颖女士、杨楠女士等，他们为本书的编辑、出版做了大量工作，得以在父亲一百三十周年诞辰之际，出版这本《周瘦鹃诗词集》，这是献给父亲的最好礼物。

2025年4月10日于紫兰小筑